6°°
YF
2/19

MW01712612

Dès l'âge de vingt ans, Janine Boissard commence sa carrière d'écrivain sous le nom de Janine Oriano, son nom de femme mariée. Avec *B comme Baptiste*, elle est la première Française à publier dans la collection « Série Noire ». En 1977, la grande saga « L'esprit de famille », publiée cette fois sous son nom de jeune fille, la fait connaître du grand public. Parallèlement, elle écrit pour la télévision. Les chambardements dans la famille, les problèmes de couple et la place de la femme moderne dans le monde du travail sont les thèmes les plus souvent abordés par Janine Boissard dans ses romans. Parmi ses plus grands succès, on retiendra : la saga des « Belle-Grand-Mère », *Une femme en blanc* (1996) suivi de *Marie-Tempête* (1998) et de *La Maison des enfants* (2000). *Parce que c'était écrit...* (Pocket, 2010) a paru précédemment sous le titre *Les miroirs de l'ombre* chez Fayard.

Mère de quatre enfants, Janine Boissard a publié une quarantaine de romans, notamment, parmi les plus récents, *Un amour de déraison* (Éditions du Rocher, 2008), *Malek* (Fayard, 2008), *Loup y es-tu ?* (Robert Laffont, 2009) et *Sois un homme, papa* (Fayard, 2010).

PARCE QUE C'ÉTAIT ÉCRIT…

DU MÊME AUTEUR
CHEZ POCKET

LES TROIS AMOURS DE NAPOLÉON
MARIE-TEMPÊTE
CHARLOTTE ET MILLIE
HISTOIRE D'AMOUR
JE SERAI LA PRINCESSE DU CHÂTEAU
ALLEZ, FRANCE !
UN AMOUR DE DÉRAISON
PARCE QUE C'ÉTAIT ÉCRIT...

DANS LA SÉRIE MARGAUX LESPOIR

UNE FEMME EN BLANC
LA MAISON DES ENFANTS

LA CHALOUPE

LE TALISMAN
L'AVENTURINE

JANINE BOISSARD

PARCE QUE C'ÉTAIT ÉCRIT…

Édition revue et corrigée par l'auteur

Roman

FAYARD

Cet ouvrage a précédemment paru sous le titre :
LES MIROIRS DE L'OMBRE,
sous le nom de Janine Oriano

Le papier de cet ouvrage est composé de fibres naturelles, renouvelables, recyclables et fabriquées à partir de bois provenant de forêts plantées et cultivées durablement pour la fabrication du papier.

Le Code de la propriété intellectuelle n'autorisant, aux termes de l'article L. 122-5, 2° et 3° a, d'une part, que les « copies ou reproductions strictement réservées à l'usage privé du copiste et non destinées à une utilisation collective » et, d'autre part, que les analyses et les courtes citations dans un but d'exemple et d'illustration, « toute représentation ou reproduction intégrale ou partielle faite sans le consentement de l'auteur ou de ses ayants droit ou ayants cause est illicite » (art. L. 122-4).
Cette représentation ou reproduction, par quelque procédé que ce soit, constituerait donc une contrefaçon, sanctionnée par les articles L. 335-2 et suivants du Code de la propriété intellectuelle.

© 1982, Fayard.
© 2010, Pocket, un département d'Univers Poche,
pour la présente édition en langue française.
ISBN : 978-2-266-19975-9

À Christian

1

Je m'appelle Gabriel Vernet et je travaille comme scénariste chez Publica : une jeune boîte de publicité.

Mon ami Frédéric Moure l'a créée et la dirige depuis quatre ans. Nous avons le même âge, celui, dit-on, des dents longues ; une même passion du métier, une façon semblable de voir les choses : sérieusement, c'est-à-dire en essayant de ne pas les prendre trop au sérieux.

Je n'y suis pour rien si Frédéric m'a surnommé « Gagman ». Mes meilleurs gags, je les trouve lorsque ça ne va pas : une sorte de pied de nez à la vie.

On dit de sa vie qu'on la construit, la conduit, la façonne, l'enrichit, la ruine. On prononce sans y penser des phrases telles que : « Il a pris sa vie en main », ou bien : « Il a brûlé sa vie. » Et pourtant…

Tout a commencé à Venise, en juin dernier, lors du festival du film publicitaire.

Publica avait, les deux années précédentes, remporté la coupe.

Ce trois juin-là, Frédéric présentait au palais du Festival notre dernier-né : *Le Propre de l'homme*.

Il entra dans la salle, fit signe à l'ouvreuse qu'il n'avait pas besoin de ses services, resta debout derrière les derniers rangs. Le public bruissait : journalistes, producteurs, cinéastes, curieux, étudiants. Après le grand soleil, la mer sans limite et les effluves de printemps, cette salle fermée emplie de gens vêtus faisait l'effet d'une prison de luxe.

L'estrade avait été transformée en jardin : bosquets, arbres nains, fleurs éclatantes. Chaque matin, on balayait les pétales et coupait quelques têtes. Chaque jour, l'odeur changeait d'un ton : à la fraîcheur se mêlait le douceâtre. Mais cela tiendrait jusqu'au bout : après-demain, le palmarès.

Normalement, c'est au balcon, avec le jury, que Frédéric aurait dû se trouver. Ce n'était pas l'appréhension qui l'avait fait choisir de rester au fond de la salle ; il voulait tenir son public sous ses yeux, ne rien perdre des sifflets ou des applaudissements.

Le rideau de velours cramoisi s'ouvrit avec majesté, les lumières fondirent. « *Le Propre de l'homme* », annonça une voix féminine, « un film de Frédéric Moure. » Et tout de suite, comme un défi, avant que la voix se fût éteinte, le premier rire éclata sur l'écran.

Un remous gêné parcourut la salle. Le visage du rieur venait d'apparaître, ajoutant à l'indécence : rond, mou, décomposé par l'hilarité. On attendait que le rire s'arrête, il reprit, langoureux, coulant le long des lèvres trop fardées d'une femme ; il passa, bref, sur le visage d'un snob ; il inonda la figure d'un enfant.

La salle demeurait silencieuse, réticente. Le regard de Frédéric courut le long des rangées de sièges, sur lesquels les gens s'agitaient, se regardaient, gênés, dérangés.

Sur l'écran, un homme énorme, visage renversé, offrait avec son rire le spectacle indécent d'un fond de gosier ; une vieille le relaya, lèvres pincées sur une hilarité retenue, économisée ; puis ce fut le rire silencieux de ce jeune homme, rire par les yeux, secousse interne.

Tendu en avant, le corps frémissant, Frédéric guettait son auditoire. Ils en mettaient du temps ! Se serait-il trompé ? Déjà plus d'une minute était passée ; il n'en restait que deux !

Le premier rire fusa enfin dans la salle : cri de reddition. Un autre lui répondit aussitôt, puis un autre. « C'est parti », pensa Frédéric. La joie l'emplit. Une vague d'hilarité courait maintenant le long des sièges, répondant à celle de deux êtres identiques qui se contorsionnaient en cadence sur l'écran. Une ouvreuse était prise, et son rire faisait tinter les pièces dans la bourse suspendue à son côté. Frédéric ferma les yeux, se laissa emporter.

Il les connaissait par cœur, ces visages qui défilaient sur l'écran : l'obèse, la vieille, le Chinois, les jumeaux, le ramoneur, le clown triste. Il les avait choisis un à un. « Demande personne sachant rire, âge indifférent, physique indifférent... » Il avait vu arriver des figures d'enterrement. Il avait entendu des rires secs comme des coups de feu, des rires faux, des rires-tempête. Il y avait eu cet homme dont le ressort était cassé, qui ne pouvait plus s'arrêter, qu'on avait dû doucher.

Devant ses yeux, au dernier rang, une grosse femme, mains plaquées sur son ventre, souffle coupé, suppliait : « Assez ! Assez ! » On ne distinguait plus qui riait sur l'écran et qui riait dans la salle ; il n'y avait là qu'un même cri, un même arrachement. Ils étaient tous éventrés, possédés : il avait gagné !

« Parce que le rire est le propre de l'homme. »

Les visages disparurent tandis que cette phrase de Rabelais s'inscrivait sur l'écran.

Il y eut quelques derniers hoquets, puis le silence total tomba, brutal : coupable ?

« Aujourd'hui, le propre de l'homme, c'est FLORA », dit une voix joyeuse.

La jeune fille apparut, nue, le savon à la main. Ils l'avaient bien choisie ! Sa voix, son sourire innocentaient les rieurs ; elle était pure, aérienne, et Frédéric adorait la gaucherie de son geste comme elle savonnait ses seins, son ventre, ses longues cuisses trop minces.

La mousse légère, les milliers de bulles du savon Flora emplirent l'écran et la lumière revint dans la salle du Festival.

Frédéric se glissa dehors. Comme il traversait le hall, il entendit le bruit d'eau brusquée des bravos.

Le soleil l'attendait dans la rue. Des familles descendaient sur la plage, d'où montait une rumeur dorée.

Il avait brisé la carapace d'habitudes, de préjugés, de peur, de son public. Avec son film, il était entré au creux des ventres ; ils avaient eu les larmes aux yeux ; elle avait crié : « Assez ! », et ils ne pouvaient qu'applaudir pour cacher la brèche que leur propre rire avait ouverte en eux.

2

Venise apparut, ligne tremblant sur l'eau, mirage ocre. En une courbe parfaite, le motoscafo vint s'arrêter devant l'hôtel Europa. Un long couloir tapissé de rouge menait dans le hall. Le concierge, dans son uniforme bleu, galonné de doré, sourit à Frédéric.

— Tout s'est bien passé, monsieur ?

— Au mieux, merci.

Dans l'ascenseur, il consulta la messagerie de son portable. « Salaud ! Nos applaudissements t'auraient peut-être écorché les oreilles ? Ils ont duré trois minutes et trente secondes et ont été suivis de sifflets contre un réalisateur en fuite... » Pierelli, son correspondant et ami à Venise. Frédéric le rappellerait. Pas d'autre message, rien de Paris, rien de Catherine. Sa femme n'appelait jamais de son bureau. On ne « parlait pas avec Venise » entre deux rendez-vous. Elle attendrait d'être rentrée chez eux, d'avoir changé son « bleu » de travail, en général un tailleur de marque, contre l'un de ces longs tissus de gaze, de voile ou de soie, dont elle aimait à s'envelopper. Sans doute mettrait-elle de la musique. Alors seulement, étendue sur le canapé, lovée dans la fourrure de guanaco, l'appellerait-elle. Catherine aimait cumuler les plaisirs.

Dans la chambre de Frédéric, on avait renouvelé les fruits, plié ses vêtements, rassemblé ses papiers. Eau minérale dans un seau à glace. Le lit, très haut, couvert de son seul drap blanc, ressemblait à un autel.

Il ouvrit la fenêtre et s'appuya au balcon de pierre. À fleur de canal, des gens buvaient sur la terrasse, se distrayant au spectacle du ballet des barques, vaporetti et gondoles. En face de lui, sur son globe doré, portée par deux géants, la Fortune, tournée vers le large, élevait son gouvernail. « J'ai gagné », pensa à nouveau Frédéric. Sa poitrine se dilata, s'emplit d'un sentiment de fierté, de liberté : devant lui, tout était possible, ouvert !

— Alors ? demanda Catherine. Ça leur a plu ?

— Ils ont résisté vaillamment. J'ai eu peur ! La victoire n'en a été que plus… désopilante.

Elle se tut un instant ; il l'entendait respirer au bout du fil. Il eut envie d'elle.

— Je t'aime.

— Moi aussi.

Il y avait toujours une nuance étonnée dans sa voix lorsqu'elle disait : « Je t'aime. » Catherine serait toujours à conquérir.

— Alors, viens, ordonna-t-il !

Elle rit.

— Et mon journal ?

— Et ton mari ?

Elle rit à nouveau.

— Raconte, ce soir…

— Réception au palais des Doges.

— Bois une coupe de champagne pour moi.

Frédéric quitta l'hôtel à neuf heures. La nuit ne se décidait pas à tomber. On la sentait, frémissante suspendue aux derniers vaisseaux bleus.

Place Saint-Marc, le violoniste du Florian, arc-bouté sur ses jambes de clown, exécutait Wagner devant les touristes extasiés. Un lent défilé coulait sous les arcades.

Il arriva sur la piazzetta comme le soleil couchant rougissait le campanile Saint-Georges. Des femmes en robes longues, ponctuées par des smokings foncés, traversaient la cour du palais des Doges, gravissaient l'escalier des Géants. Un flot bigarré et bruyant roulait dans la galerie supérieure entre les colonnes légères.

Salle des Quatre Portes, de la Boussole, des Inquisiteurs, du Grand Conseil… Frédéric s'arrêta devant les portes closes derrière lesquelles régnaient les fresques du Tintoret. Ce peintre le fascinait : la façon dont il utilisait l'ombre et la lumière : ombres pleines d'un grouillement confus ; éclairs de lumière frappant des êtres en pleine fuite.

— Alors ? On se dérobe aux applaudissements ? On coupe son portable ?

Pierelli, une coupe à la main, le visage débordant d'amitié, enfonçait dans le sien un regard que la longueur et l'épaisseur des cils rendaient tendrement féminin.

Frédéric le prit par l'épaule.

— Pardonne-moi. Six mois de travail pour trois minutes de film… J'avais besoin de les faire durer.

— Trois minutes ? Mais il va faire fureur, ton *Propre de l'homme* ! Des salles entières vont crouler.

D'autres personnes se joignaient à eux, fixant leur regard brillant sur le metteur en scène. Il les connaissait presque toutes : les mêmes chaque année. On l'entraînait vers le buffet dressé au fond de l'allée. On lui tendait une coupe.

— Deux ! ordonna-t-il.

Il les leva et les heurta l'une contre l'autre : « À ma femme ! » Il y eut des applaudissements.

— Regarde-moi ces courtisans ! souffla Pierelli. À ta botte ! Ils respirent déjà autour de toi les parfums de la victoire.

— Pas si vite ! l'arrêta Frédéric.

L'Italien poussa devant lui une longue jeune fille.

— Sylvia ! Elle travaille pour *Le Soir*. Je lui ai promis une interview.

La jeune fille le regardait avec un défi timide. Sous sa chemisette transparente, deux minuscules seins nus pointaient.

— L'interview du lauréat, proclama-t-elle.

— Vous allez tous me porter malheur, protesta Frédéric. Le succès, si on le fixe trop, il se dérobe. C'est bien connu.

— Quand pourrai-je vous parler tranquillement ? demanda Sylvia.

— Appelez-moi sur mon portable à l'Europa demain matin.

Elle rosit de plaisir et plongea son nez dans sa coupe de champagne. Le regard de Frédéric la dépassa. Un peu plus loin, à l'autre bout du buffet, un homme le fixait. Le connaissait-il ? Leurs regards se croisèrent. L'homme posa sa coupe sur la nappe blanche. Il sortit un mouchoir de sa poche, essuya ses doigts, puis vint vers Frédéric. Il devait avoir une cinquantaine d'années. Son visage était creusé ; ses yeux semblaient interroger le metteur en scène. Le groupe s'écarta. L'inconnu s'inclina.

— Helmut Steiner.

— Frédéric Moure.

— J'ai vu votre film cet après-midi, dit Steiner avec un léger accent germanique. Je l'ai trouvé très beau.

— À mourir de rire… intervint Pierelli avec une certaine agressivité.

Le regard de Steiner l'effleura, puis revint à Frédéric.

— Mon film sera présenté demain. J'aimerais que vous veniez le voir. Sa ressemblance avec le vôtre m'a frappé.

— Vous pouvez compter sur moi, dit Frédéric.

Il sentait autour de lui la gêne qu'avait introduite Steiner. L'Allemand ne regardait que lui, ne parlait que pour lui. Son ignorance des autres, de Pierelli en particulier, était presque insultante.

— Prendrez-vous une coupe de champagne avec nous ?

— Non, merci. Je ne peux pas rester.

Steiner s'inclina légèrement, puis s'éloigna. Pierelli le suivit des yeux, l'air mauvais.

— Charmant homme, dit-il. Affable… courtois…

Frédéric laissa échapper un rire : Pierelli avait parlé comme une jeune fille dédaignée.

— Comment s'appelle son film ?

— *88* !

— Qu'est-ce que cela signifie ?

— Nul n'en sait rien. Steiner dirige la maison Unic à Francfort. C'est la première fois qu'il concourt à Venise.

— Son avion s'est posé à Marco-Polo à midi, récita Sylvia. Il est allé directement au Gritti et n'en est ressorti qu'à quatre heures pour voir *Le Propre de l'homme*.

Frédéric regarda la jeune fille, amusé.

— Vous êtes bien renseignée !

— J'ai demandé à l'interviewer mais il ne m'a pas reçue. J'espérais le coincer sur le motoscafo ; il a pris un taxi…

— Vous vous intéressez donc tant à lui ?

— C'est un grand de la publicité. *88* est le premier film qu'il réalise lui-même.

— Alors, vous l'attendez au tournant, c'est cela ?

— Surtout depuis ce soir, acquiesça Sylvia.

— Si je comprends bien, intervint Pierelli, Steiner semble être venu à Venise exclusivement pour voir *Le Propre de l'homme* et présenter *88*.

— Il est normal qu'il soit venu évaluer son principal adversaire, dit Sylvia : le lauréat des deux précédentes années.

Frédéric se pencha sur la balustrade. D'une démarche lente, raide, Steiner avait suivi le hall ; il descendait maintenant l'escalier des Géants, au centre, à contre-courant. Il traversa la cour.

— À vous entendre, on pourrait dire aussi qu'il est venu à cette réception uniquement pour m'inviter à voir son film demain… observa Frédéric.

— Et pour m'insulter, ajouta l'Italien.

Il y eut des rires. Steiner avait disparu. Frédéric se retourna vers ses amis.

— Nous irons voir *88*, décida-t-il.

— Et puisqu'il ressemble à ton film, nous pleurerons de rire, conclut Pierelli.

3

Les lumières fondirent dans la grande salle du Festival. Le rideau s'ouvrit. L'écran était envahi de brume. Aucun son. La brume se dissipa peu à peu et les morceaux d'un vase brisé apparurent au hasard sur le sable d'un désert.

Étonné, Frédéric se pencha en avant, tentant de mieux voir les éclats du vase. Leur couleur, le motif décoratif : une guirlande de huit entrelacés, lui rappelaient ceux d'une poterie qu'il avait achetée en Grèce, avec Catherine, quelques années auparavant. On avait l'impression qu'en rassemblant les morceaux on obtiendrait un objet semblable.

Émanant des débris, tandis que sourdait la musique, un visage se forma lentement, dramatique : yeux comme des trous noirs, bouche tordue sur un cri muet.

— Goya, murmura Pierelli.

Le visage s'effaça, remplacé par un autre de même facture. La musique se faisait plus forte, dissonante. Sur la salle, d'abord animée, s'était abattu un silence pesant.

Le rythme s'accéléra, succession de visages emplis d'une pareille épouvante, entrecoupés de flashes fulgurants sur le monde moderne : murs aveugles, tiges de béton, centrales nucléaires, forêts de grues, collines de voitures broyées.

La musique, mêlée à un fracas de klaxons, sirènes, bruits de perforeuses, était à présent à la limite du supportable.

Et soudain, brutal, le silence ! L'image sembla fouiller dans les plis d'une cape avant de s'y figer quelques secondes ; reculant, la caméra montra la face décomposée d'un homme et, reculant encore, une colline de visages réunissant ceux qui étaient apparus depuis le début du film, tous appartenant à des personnages enveloppés de capes aux plis lourds où ils semblaient chercher refuge.

Pierelli se pencha vers Frédéric.

— *Le Pèlerinage de San Isidro.*

L'image s'effaça et les morceaux de vase réapparurent sur le sable du désert, comme si les visages de Goya avaient émané de ce vase brisé. Deux huit entrelacés se détachèrent lentement du motif décoratif et s'élevèrent. Tandis qu'ils flottaient à l'horizontale, un paysage de paix, de calme, verdoyant, mouvant, un paysage de brise et de respiration, prit la place du désert et s'étendit à l'infini, accompagnant le vol lent, souple, silencieux, des chiffres, apportant une sensation intense de soulagement.

La caméra avança vers les deux chiffres et l'image s'immobilisa comme ils prenaient la position verticale et formaient le nombre *88*. C'était fini !

Durant quelques secondes, le silence fut total. Enfin, un « bravo » crié à haute voix rompit le charme. D'autres suivirent. La lumière revenait. Beaucoup de gens applaudissaient debout. Ce n'était pas la marée qui avait salué, la veille, *Le Propre de l'homme*, et les visages avaient une autre expression de gravité. De respect ?

— Très fort, le monsieur ! constata Pierelli avec rancune.

Frédéric ne répondit pas. Il fouillait du regard la corbeille où se trouvait le jury. Helmut Steiner n'était pas là. Quelque chose lui disait qu'il ne le trouverait pas non plus dans la foule qui se pressait vers la sortie. Et pourtant, depuis qu'il avait vu ce film, il ne pouvait se défendre de l'impression que, la veille, l'Allemand lui avait donné rendez-vous et qu'il l'attendait, quelque part.

La *capana* de Pierelli se trouvait dans la constellation Bellatrix, devant l'hôtel Excelsior.

Face à la mer, étendus sur de hauts lits tendus d'un drap blanc, hommes et femmes s'abandonnaient à la caresse du soleil. Ces plages « réservées » offraient à quelques privilégiés d'ultimes luxes : le calme, l'espace.

Frédéric se dévêtit dans la cabine où, ce soir, un homme viendrait faire le ménage, rincer les maillots.

Son ami s'exposait déjà au soleil lorsqu'il le rejoignit ; il s'était fait apporter des boîtes de bière ; il en tendit une à Frédéric.

— Finalement, je n'aime pas ce film, dit-il. Il m'a foutu le bourdon.

— Alors il a atteint son but : tu ne l'oublieras pas ! Mais de quoi *88* triomphe-t-il ?

Pierelli étendit ses jambes avec volupté sur le drap chaud.

— Si mes yeux ne m'ont pas trompé : de l'écrasant monde moderne…

Frédéric réprima un sourire.

— Tu m'as l'air écrasé.

— De bien-être, convint l'Italien.

Il se redressa sur un coude et regarda son ami.

— Sais-tu que Goya, dont Helmut Steiner s'est inspiré, était sourd ? Il paraît qu'en peignant il chialait comme un gosse.

— On dit que la surdité sent la mort, remarqua Frédéric. C'est en tout cas elle qui a inspiré à Goya les monstres de San Isidro.

— Certains l'apparentent à ton cher Tintoret.

— Goya redoutait la mort, dit Frédéric. Mon « cher Tintoret » visait l'immortalité.

L'air écœuré, Pierelli vida sa boîte de bière et la jeta au loin :

— Moi, je vise « maintenant », dit-il. Et je déclare que ce monsieur Steiner n'est qu'un plaisantin lorsqu'il prétend que son film ressemble au tien.

— Un plaisantin… Il n'en a pourtant pas l'allure, murmura Frédéric.

Il entendait la voix de l'Allemand : « Sa ressemblance avec le vôtre m'a frappé. »

Il revit la succession de visages : ceux de son film, hilares ; ceux du film de Steiner, possédés par l'épouvanter. « Deux cris », pensa-t-il. Il se revit à Publica, écoutant les rieurs. Il avait voulu faire un film gai, libérateur, remède à l'angoisse. Au montage, il avait senti passer le tragique : son film l'avait dépassé. En allant au bout du remède, il avait, sans le vouloir, dévoilé la maladie. Rire et douleur se rejoignaient. Voilà ce qu'avait voulu dire Steiner : déformés par le rire ou par l'horreur, leurs visages étaient les mêmes.

L'image du vase brisé lui réapparut, si semblable à celui qu'ils avaient acheté en Grèce, Catherine et lui.

« Un spécimen unique », avait affirmé le vendeur. Deux touristes de plus refaits ! Ce vase, ces films, était-ce cela qu'on appelait une coïncidence ?

Il retomba sur le drap blanc, chassa les images de son esprit, ferma les yeux. Les bruits de la plage, si semblables chaque année, paraissaient suspendre l'instant dans le temps. Pierelli avait raison : « Maintenant ! »

Maintenant, il était bien et le soleil brûlait par vagues, comme le plaisir.

Sylvia, la journaliste, l'attendait dans le hall de l'hôtel, réfugiée au fond d'un fauteuil. Elle portait le même chemisier transparent que la veille et, sur les yeux, d'énormes lunettes noires. Elle les percha sur ses cheveux en le voyant venir. Ils commandèrent deux jus de pêche.

— Tu permets que je te tutoie ?

— Si vous voulez, répondit-il.

Elle eut un sourire-grimace, plongea le nez dans son verre, but avec gourmandise, puis essuya ses lèvres de la main avant de prendre son bloc.

— Qui es-tu ?

— Un homme heureux.

— Ça ne se dit pas.

— Raison de plus pour le crier.

— Orgueilleux ?

— Je n'en sais rien. Je me sens bien et je ne cherche pas à le cacher.

Elle nota quelque chose sur son bloc puis releva la tête. Elle avait toujours son air de défi timide.

— Qu'est-ce que tu aimes ?

— Tenir ma vie.

— Comment cela ?

— Être debout, être prêt, je ne sais pas ! Ne pas se laisser faire. Faire ! Maintenant, tout de suite ! Vous connaissez l'adage ? « Qui s'arrête se trompe. »

— Ce n'est pas facile de toujours avancer !

— Pour moi, c'est le contraire qui est difficile. Si je m'arrête, je tombe.

— Où ça ?

— Dans les zones d'ombre du Tintoret, lança Frédéric.

Elle se tut, le crayon sur les lèvres. Il lui sourit, lui-même surpris de sa réponse. Cédait-il au goût des belles phrases ? Cherchait-il inconsciemment à épater cette petite journaliste ?

— Dans ta vie, le plus important ? reprit-elle.

— Aimer ! Être aimé.

— Par les femmes ?

— « Une » femme. Et aussi par les amis.

Il rit :

— Somme toute, par le plus de monde possible.

Elle but à nouveau, lentement, laissant tremper ses lèvres, jouant du bout de la langue avec les glaçons.

— Parle-moi de ta femme.

— Elle est belle, vivante, très forte, très fragile.

La jeune journaliste réprima une moue touchante. Il sembla à Frédéric qu'elle venait de comprendre qu'il n'essaierait pas de la séduire. Il en eut du regret : il lui arrivait de regretter même les femmes qu'il n'avait pas envie de posséder.

— Penses-tu avoir encore le prix cette année ? demanda-t-elle soudain.

La réponse partit, qui l'étonna lui-même.

— Je ne sais plus.

— Plus ?

— Je voulais dire : je ne sais pas… rectifia-t-il.

— Qu'as-tu pensé de *88 ?*

— Et vous ?

Elle garda un instant le silence, le front plissé.

— Cela m'a paru… « trop ». Trop quelque chose. Mais je ne peux pas l'expliquer. Il faudra que j'y réfléchisse.

— Vous vous êtes très bien expliquée, dit-il. « Trop quelque chose… » Et moi aussi, il faudra que j'y réfléchisse.

4

— Alors ? demanda Catherine. Raconte ! Raconte Venise.

— À Venise, j'ai vu notre vase grec…

— Notre vase ?

— Celui avec la guirlande de huit.

— Cesse de plaisanter.

— Je ne plaisante pas. Je l'ai vu cet après-midi, en première place, dans un film allemand.

Il y eut un silence. Il l'imaginait étendue sur le divan, dans la fourrure de guanaco. Il avait envie de tendre la main pour la caresser.

— C'est impossible, dit-elle d'une voix lente. Notre vase est une pièce unique.

— On nous l'a fait croire pour nous le vendre plus cher !

— Attends, dit-elle. Je te rappelle.

Elle raccrocha. Il resta un moment, le portable à l'oreille, avant de le poser, ne pouvant s'empêcher de sourire. Catherine téléphonait comme elle vous eût parlé d'une pièce voisine. Une vedette hérissée de têtes passa dans un bruit d'eau froissée, s'engouffra dans le Grand Canal. La Fortune, sur son globe, regardait toujours vers le large. Autrefois, les marins fixaient, à la proue des navires, des statues semblables à celle-ci pour conjurer le sort. La sonnerie s'égrena à nouveau.

— J'ai le certificat, dit Catherine. Notre vase est bien un spécimen unique.

— Rien ne te prouve que ce n'est pas un faux certificat.

— Et Athènes n'était peut-être pas vraiment Athènes quand nous y avons acheté cette poterie…

Le ton de Catherine était agressif. Il s'en étonna.

— Cela a-t-il tellement d'importance ?

Elle ne répondit pas immédiatement. Il pouvait l'entendre respirer.

— Est-ce que je peux te demander quelque chose ? Regarde s'il a le défaut, dit-elle enfin.

— Le défaut ? répéta Frédéric sans comprendre.

— Comme le nôtre : un début de fêlure au pied. Tu ne t'en souviens pas ? Tu voulais même faire baisser le prix.

— Écoute, dit Frédéric. Comment veux-tu que le vase de ce film ait le même défaut que le nôtre ? Et tu ne m'as pas laissé le temps de t'expliquer : il s'agit simplement d'une image : un vase brisé en plusieurs morceaux sur le sable d'un désert.

— Alors, comment as-tu vu que c'était le même ?

À nouveau, ce ton agressif.

— Je plaisantais. J'ai trouvé qu'il ressemblait au nôtre, voilà tout.

— Et ce film, qu'en as-tu pensé ?

— C'est un des meilleurs qui aient été présentés. Peut-être « le » meilleur. Je te raconterai.

Il la sentit réfléchir. Souffle court.

— Pour la fêlure, essaie quand même de voir, insista-t-elle. À part ça ?

Frédéric ne dormit pas bien. Sa conversation avec Catherine lui avait laissé un sentiment de malaise. Pourquoi tant de questions sur ce vase ? Cette nervosité ? Il hésita à la rappeler mais craignit de la réveiller. En tout cas, il était temps qu'il rentre à Paris. Oui, Catherine était bien la femme la plus forte, la plus fragile… À son journal, six personnes dont deux hommes lui obéissaient au doigt et à l'œil. Quand il n'était pas à la maison, avant de se coucher, elle regardait sous son lit de peur qu'il y ait quelqu'un.

Il dégusta son petit déjeuner sur la terrasse, devant le canal en effervescence. À neuf heures, il contacta Sylvia. Elle avait réussi à obtenir le numéro d'Helmut Steiner. Frédéric le forma : sur messagerie ! Il raccrocha, frustré.

Il flâna une partie de la matinée à la Scuola di San Rocco, royaume du Tintoret. L'impression que lui faisait celui qu'on appelait tantôt « le peintre de la lumière », et tantôt « le visionnaire », le surprenait lui-même. Il pouvait rester des minutes entières à sonder l'épaisseur de l'ombre, à se prendre aux brusques éclairages dont on se demandait d'où ils venaient, comme de mystérieux projecteurs. Un travail impeccable et le génie en plus.

Il sourit en se souvenant de la réponse qu'il avait faite, hier, à la petite journaliste : « Si je m'arrête, je tombe dans les zones d'ombre du Tintoret… » Dieu sait ce qu'elle en conclurait dans son article ! Peur de la mort, par exemple… Il ne pensait jamais à la mort. Trop à faire !

Face aux toiles du Tintoret, il pensa à Goya. « Certains l'apparentent à ton cher Tintoret », avait dit Pierelli. Il éprouva soudain, impérieux, le désir de revoir *88*.

5

Une foule de curieux et de professionnels emplissait le grand hall de l'Excelsior. Des grappes de gens étaient agglutinés aux stands publicitaires ; d'autres regardaient les films des principaux concurrents qui passaient en continu sur les écrans de télévision.

Frédéric prit place dans un fauteuil, près d'un poste, et attendit le passage du film de Steiner. Il aimait cette ambiance. Ce qu'on appelait « le monde de la publicité » l'avait toujours attiré : un univers particulier, à la fois subtil et brutal, où toutes les ruses, tous les coups étaient permis. Comme un jeu ! Grâce à quelques minutes de film, vous atteigniez le public le plus considérable : l'exigeant comme le facile. À vous de le conquérir.

Les deux chiffres 8 entrelacés se détachèrent sur le petit écran. Il se leva. Une dizaine de personnes se tenaient devant le poste, nez en l'air. La brume emplit l'image ; le vase brisé apparut. Frédéric se glissa au premier rang. Une personne protesta. Sans s'en soucier, il se pencha vers l'écran. Oui ! Le dessin, la forme du col, étaient bien ceux de leur vase… Les visages tragiques apparaissaient déjà, entrecoupés de flashes, soulignés par la musique discordante. L'impression de malaise dominait. Silencieux, impressionnés, les gens regardaient défiler les images : colline de voitures, colline de personnages à capes, visages d'horreur, la brume à nouveau, la verte prairie, *88*. C'était déjà fini.

Frédéric resta quelques minutes devant l'écran vide. Les gens s'éloignaient, commentant le film à mi-voix. Un peu plus loin, sur un autre poste, on entendait fuser des rires auxquels répondaient ceux des spectateurs. Remorqués par la jeune Italienne qui s'occupait du stand Publica, des Américains venaient vers lui, hilares :

— Nous venons de voir votre film : *Le Propre de l'homme* – Charmant ! Délicieux !

« Comme celui de Steiner ? » pensa-t-il.

Il remercia, débita les platitudes habituelles et s'esquiva. Il était saisi d'une sorte de hâte. D'un pas décidé, il se dirigea vers le stand allemand Unic. Une jeune femme blonde, les cheveux en macarons sur les oreilles, lui souriait ; elle lui fit penser à Brunehilde, dans la *Walkyrie*.

— Je voudrais voir M. Steiner, demanda-t-il.

— M. Steiner est absent de Venise pour la matinée, dit la jeune femme sans cesser de sourire. Puis-je vous être utile ?

Il hésita.

— J'aimerais revoir son film, mais (il montra le petit écran) mieux que là-dessus.

— Je vais voir si c'est possible, répondit Brunehilde.

La requête de Frédéric n'avait pas semblé l'étonner. Pourtant, lui-même n'en revenait pas de l'avoir formulée. Qu'est-ce qui l'avait pris ? La déception de ne pouvoir joindre Steiner la lui avait comme arrachée.

La jeune femme parlait à présent. À qui ? Une certitude s'empara de Frédéric : à Steiner ! Le réalisateur ne s'était pas absenté de Venise, il ne voulait pas être importuné. Par lui ?

Il le revit, descendant à contre-courant l'escalier des Géants, fuyant. Le fuyant ? La jeune femme revenait vers lui.

— C'est d'accord, monsieur Moure. Quand vous voudrez.

Une caméra reliée à un téléviseur était posée sur une table. Sur l'écran, le dossier était ouvert. On l'avait laissé seul. Il éteignit la lumière et fit démarrer le film.

Lorsqu'il arriva aux morceaux de vase, il immobilisa l'image.

Il la contempla longuement. Un sentiment d'irréalité l'étreignait : un vertige.

Il prit un papier calque et, en quelques traits précis, reproduisit chacun des morceaux. Il y en avait sept.

Apparemment, le vase de Steiner était brisé à l'endroit précis où, sur le leur, s'ouvrait un début de fêlure.

6

Ce fut par Pierelli, notre correspondant à Venise, que j'appris que nous n'avions pas, pour la première fois depuis trois ans, remporté la coupe.

Il était plus de huit heures du soir ; nous étions tous à Publica, attendant avec impatience le coup de téléphone de Frédéric. Il y avait Martineau, l'administrateur ; Mme Germaine, secrétaire de direction ; et Arlette, une jeune fille que je venais d'engager pour la photo.

Généralement, c'était la voix joyeuse, triomphante de Frédéric qui nous apportait la bonne nouvelle : « C'est gagné ! » Et tout de suite, il nous remerciait : sans nous, il n'aurait jamais eu ce prix... Nous formions une sacrée équipe... La meilleure... Il nous aimait, il aimait Publica... Et cela continuait ainsi jusqu'à ce qu'il nous ordonne de vider la bouteille de champagne qu'il gardait dans son bureau en prévision de ce genre d'événements.

Le téléphone sonna. Nous nous regardâmes, émus. Je décrochai. Je reconnus tout de suite la voix de Pierelli : « C'est un film allemand qui a eu le prix. Le film s'appelle *88*. » Il ajouta que Frédéric serait à Paris le lendemain à midi.

Le nom de la maison productrice du film vainqueur, Unic, nous était connu ; pas celui du metteur en scène, Helmut Steiner.

Nous avions eu beau nous persuader qu'il serait miraculeux que la coupe revînt pour la troisième fois à notre maison, nous fûmes tous déçus. Arlette elle-même, bien que ne connaissant pas encore Frédéric, faisait une tête comme ça… Cela me dérida !

Nous vidâmes quand même la bouteille de champagne. Nous avions pour cela une autre bonne raison.

Nous bûmes à une victoire future.

Je n'appris que beaucoup plus tard les détails de la remise des prix. Ce fut Pierelli qui, à ma demande, me les communiqua.

La grande salle du Festival était saturée de plaisir et d'attente. Pierelli se trouvait, ainsi que d'autres amis, aux côtés de Frédéric, et presque tous avaient parié qu'une fois de plus la coupe lui reviendrait.

« Pour la qualité et le poids de son film », on nomma en premier Helmut Steiner. Les applaudissements éclatèrent et tout le monde se retourna afin de saluer le lauréat.

À sa place, une femme se leva : une brune quelconque avec des lunettes. Lorsqu'elle fut sur l'estrade, d'une voix calme, presque sans accent, elle apprit à l'assistance que Steiner, rappelé d'urgence à Francfort, avait dû quitter la ville. Il demandait qu'on l'excusât. Il serait extrêmement honoré et ému en apprenant qu'il avait eu le prix. Ce fut à elle que l'on remit la coupe en verre de Venise.

Frédéric fut nommé en second. Lorsqu'il se leva, Pierelli me dit avoir été frappé par la pâleur de son visage. Il était livide : le choc de voir le premier prix lui échapper ?

Je sais à présent ce que ressentit mon ami. Lorsqu'il apprit que Steiner n'était plus à Venise, une houle de colère le bouleversa, un profond sentiment d'impuissance, de frustration. Un peu plus tard, y repensant, il fut lui-même surpris de la violence de sa réaction. C'était comme si, me raconta-t-il, Steiner s'était joué de lui.

J'ai écrit un certain nombre de scénarios publicitaires. J'espère, un jour, réaliser moi-même ce qu'on appelle un « grand film ». Si c'était l'histoire de Frédéric, la nôtre, que je décidais de raconter, j'aimerais clore ce voyage à Venise par le spectacle de quelques rues, la nuit : ces rues ignorées des touristes où l'écho du passé et celui de la vie se mêlent à l'eau froissée qui glisse sous les ponts. J'y suivrais mon ami qui ne regagna son hôtel qu'à l'aube, pour prendre ses valises. Je l'accompagnerais aussi dans l'avion. C'est par son regard las que je voudrais montrer la disparition de Venise. J'aimerais que le flot recouvre peu à peu ce vertigineux mirage. Je terminerais par la Fortune, dressée sur son globe doré, qu'une dernière vague plus forte viendrait effacer à son tour.

Les bureaux de Publica sont situés à Neuilly, dans un ancien hôtel particulier qu'a acheté Frédéric il y a dix ans.

Fils unique, de parents fortunés retirés à Aix-en-Provence, Frédéric n'a jamais su ce qu'était un ennui d'argent, ni d'ailleurs d'autre nature. En tous domaines, il a toujours réussi à obtenir ce qu'il désirait. Je le dis sans aigreur. J'ai eu, personnellement, une vie plus difficile. Je ne le regrette pas. J'y ai rencontré beaucoup de chaleur.

On accède à Publica par une cour en demi-lune au centre de laquelle s'arrondit une pelouse enlacée par deux allées de gravier.

Dans le hall d'entrée, trône Mme Germaine. Secrétariat et comptabilité sont également au rez-de-chaussée. Des deux grandes pièces qui servaient de salon et de salle à manger à la famille nombreuse qui nous a précédés ici, nous avons fait notre plateau et notre salle de projection. Il semble que le passage de ces gens, paraît-il heureux, ait marqué cet endroit, le préservant à jamais de devenir un vrai bureau. L'hiver, il nous arrive d'allumer des feux dans les cheminées.

Un matin, il y a cinq ans, jeune scénariste à la recherche d'un emploi, je franchissais la grille de cet hôtel ; depuis, Publica est devenu pour moi « la maison ».

7

Durant la semaine que Frédéric passa à Venise, une excellente nouvelle nous parvint.

Publica avait été choisi pour réaliser le projet Deflers.

Chacun connaît ces logiciels qui, à partir d'une date de naissance, vous donnent un aperçu de votre avenir. Deflers, ainsi que deux autres jeunes scientifiques, avait mis au point un programme beaucoup plus ambitieux permettant d'offrir à ceux qui le désiraient un véritable guide à travers leur futur.

Questionnaire détaillé concernant famille, milieu social, environnement de celui que les scientifiques appelaient le « sujet » mais que je préfère appeler le « personnage », analyse de son écriture et – c'était là la « botte secrète » de nos savants – analyse de l'un de ses rêves, voilà de quoi serait nourri le logiciel.

À partir de ces éléments, celui-ci tracerait un portrait du personnage, un « état de sa mécanique » et lui indiquerait comment utiliser au maximum ses facultés pour en tirer le meilleur parti. Ce système ne prédisait pas l'avenir mais offrait à chacun un tracé de vie idéal adapté à son cas.

Le projet avait tout de suite captivé mon ami. Plusieurs maisons étaient candidates à sa réalisation. Straglio, producteur de l'émission, venait de nous avertir que la nôtre avait été élue.

Frédéric revint de Venise le six juin. Son avion se posait à Orly à midi. Je savais qu'il se rendrait directement à Publica.

À midi et quart, nous installâmes tout. J'avais mis Catherine au courant de notre projet et elle avait promis de nous rejoindre.

C'était un très beau printemps, très rare. L'un de ceux qui vous font oublier que pluie et grisaille existent. Nous étions heureux et excités.

— Le voilà, annonça Arlette.

Nous entendîmes le bruit de pas sur le gravier et la voix joyeuse de Mme Germaine saluant le patron.

Il ne savait monter les marches que quatre à quatre ; presque aussitôt la porte du bureau s'ouvrit.

Frédéric s'arrêta, médusé ! Qu'est-ce qu'ils foutaient tous dans son bureau ? Martineau, Gagman, les secrétaires, et cette petite jeune fille à l'air timide... Qu'est-ce qu'ils foutaient avec ces coupes levées et ces sourires jusqu'aux oreilles ? Pierelli avait pourtant téléphoné ! Ils devaient bien savoir qu'il n'avait pas remporté le prix. Alors, du champagne, pourquoi ?

Mme Germaine se glissa à son tour dans la pièce. Gabriel venait vers lui, une coupe tendue.

— Félicitations !

Frédéric montra la coupe.

— Si c'est ton dernier gag, il n'est pas drôle...

— Ce n'est pas drôle, c'est formidable !

— Qu'est-ce qui est formidable ?

— Devine…

La petite jeune fille intimidée devait être cette Arlette engagée comme infographiste dont Gagman lui avait parlé au téléphone : une gamine. Pas vingt ans. Elle regardait furtivement en direction du bureau. Frédéric suivit son regard. Un dossier était posé en évidence sur le sous-main. Il écarta Gabriel, alla prendre le dossier : « Deflers… Projet Deflers… » Et, sous la commande de la télévision, son nom : Frédéric Moure.

Une vague de joie le souleva.

— Ils le veulent pour la rentrée, dit Gabriel. On n'a pas intérêt à traîner.

Ses mèches rousses en bataille, son visage rond rosi par le plaisir, il fixait Frédéric en souriant. Celui-ci le prit aux épaules, l'embrassa sur les deux joues.

— Eh bien… eh bien !… protesta Gagman.

— J'espère que tu as commencé à gratter !

— Et nous ? On ne nous embrasse pas ? demanda Mme Germaine.

Elle ôtait déjà ses lunettes. Il l'embrassait sur les deux joues. Les secrétaires avançaient. Quand il s'arrêta près d'elle, la jeune fille baissa les yeux.

— Je ne t'ai pas présenté Arlette, dit Gabriel. Notre nouvelle recrue.

— Je l'avais reconnue, blagua Frédéric.

Il se pencha sur elle. « On s'embrasse aussi ? » Elle tendit son front. Il n'avait pas encore entendu sa voix. Elle sentait la pastille de menthe, l'enfant. Elle devint pomme d'api. Jolie ? Non, fraîche.

La porte s'ouvrit à la volée et Catherine apparut. Chaque fois qu'il la retrouvait après une absence, il était frappé par sa beauté, sa blondeur, la vie qu'elle dégageait.

Elle s'arrêta sur le pas de la porte.

— Et moi qui espérais arriver avant toi !

Il la prit dans ses bras.

— Comment voulais-tu ? Je viens de Venise, toi des Champs-Élysées…

Il retrouvait le parfum de sa joue ; là, entre l'oreille et les cheveux tirés, l'endroit secret où il aimait poser ses lèvres. On les entourait.

— Le projet Deflers, c'est pour nous !

Le regard de Catherine s'illumina. Ils heurtèrent leurs coupes. On entendait, dehors, le bruit du gravier que ratissait le concierge. Comme Venise était loin déjà ! Cette année encore, il n'aurait pas fait de tour en gondole !

Il était vingt heures lorsqu'un taxi déposa Frédéric en bas de chez lui.

Leur appartement, dans un immeuble moderne de luxe, donnait sur la Seine, non loin du pont de Saint-Cloud. Catherine, rédactrice en chef d'un journal consacré à « la maison », en avait fait ce « havre » qu'elle ne cessait de vanter à ses lectrices : moquettes épaisses, amples rideaux, longs canapés au ras du sol.

Négligeant sa clé, il appuya sur le bouton de l'interphone. « Qui ? » demanda Catherine. « Je t'aime », répondit-il. La porte s'ouvrit. Il souriait de bonheur dans l'ascenseur.

Elle l'attendait devant la porte, pieds nus dans un sari de soie. Elle était allée chez le coiffeur et portait le parfum qu'il préférait. Il la prit dans ses bras. Elle se dégagea et l'entraîna dans le salon.

Toutes les lumières étaient allumées, même celles de la terrasse. Elle avait mis de la musique, préparé des cocktails. Elle lui en offrit un et se laissa tomber sur le canapé. Il la rejoignit.

— Alors ? demanda-t-elle.

— Alors, nous allons faire un grand film. Et cette fois, nous remporterons le prix.

Après le déjeuner, ils avaient, Gabriel et lui, rencontré Straglio, le producteur. Le film devait être livré en octobre. Budget important, liberté d'action totale. Straglio, homme dur en affaires, laissait toute latitude aux réalisateurs qu'il appréciait.

Catherine écouta avec sérieux la description du logiciel.

— Pour rien au monde je ne me soumettrais à un programme pareil, déclara-t-elle.

Il sourit de son air effrayé.

— Aurais-tu peur des réponses que tu recevrais ?

— J'aurais horreur qu'on me dicte ma voie.

— Parce que tout se déroule selon tes vœux, constata Frédéric. Tu sais où tu vas. Ce système est censé aider ceux qui hésitent entre plusieurs voies.

— Que te dirait-il, à toi ?

— Que je suis sur la bonne, la meilleure, la seule voie…

Il se pencha sur sa femme : « Toi. » Elle répondit à son baiser. Elle était nue sous son sari. Le désir fut là.

— Tu m'as manqué.

— Toi aussi.

— Manqué comment ? murmura-t-il.

Il glissa la main dans l'échancrure de sa robe.

— Comme ça, dit-elle.

Les yeux fermés, les lèvres sèches, il retrouvait ce corps épanoui, aux seins lourds, au ventre un peu renflé.

Elle s'écarta.

— J'aimerais que tu me parles de ce film !

Coupé dans son élan, il rouvrit les yeux, sidéré.

— Mais nous en parlons depuis mon arrivée !

— Pas du « projet Deflers ». De *88*.

La main de Frédéric retomba :

— Je t'ai tout dit sur *88*.

Il ne comprenait pas. Qu'arrivait-il à Catherine ? La musique s'arrêta ; elle ne sembla pas s'en apercevoir. Son doigt traçait des cercles dans la fourrure de guanaco.

— J'ai trouvé les calques, dit-elle d'une voix crispée.

Il se redressa, s'obligeant à rire :

— Tu fouilles mes vêtements, maintenant ?

— Je vide toujours les poches de tes vestes avant de les donner à nettoyer.

Elle se leva : « Je vais les chercher. »

Avant qu'il ait pu la retenir, elle avait quitté la pièce. Frédéric se laissa retomber sur les coussins. Que se passait-il ? Elle avait préparé une soirée telle qu'il les aimait, elle se laissait désirer et voici que brusquement, sans raison, elle repartait sur ce sujet absurde.

Elle rentra dans le salon, souple sur ses pieds nus. Elle tenait un objet dans chaque main ; elle les posa sur la table basse.

— Regarde…

À partir des calques qu'elle avait collés sur du carton, elle avait très exactement reconstitué leur vase.

— Ils sont fêlés au même endroit.

— Ainsi qu'à six autres, remarqua-t-il lentement.

Il prit leur vase et le fit tourner dans sa main.

— Un vase ne se fêle pas n'importe où. Il a ses points faibles, comme un corps.

— Et la couleur ? demanda Catherine. De quelle couleur était celui du film ?

— Aurais-tu voulu aussi que je le colorie ?

Il avait parlé fort. Il en avait plus qu'assez de cette histoire.

— Les vases de cette époque ont tous les mêmes couleurs ! Brun, rose, ocre, je ne sais pas. Des couleurs imprécises, patinées par le temps. Comment veux-tu que je m'en souvienne ? Et quelle importance ?

— Alors, toi, tu ne trouves pas étrange que notre vase se trouve dans ce film ? demanda-t-elle avec reproche.

— Mais notre vase ne se trouve pas dans ce film !

Il était exaspéré. Catherine se détourna, le visage fermé. Lorsqu'elle avait posé sur le sol le vase reconstitué, il avait été sur le point de le détruire. Il aurait dû ! C'était trop tard maintenant. S'il le faisait, elle en conclurait qu'il prenait cette histoire au sérieux. Et quelle histoire, mon Dieu ! Leur vase n'était pas un spécimen unique, voilà tout ! Steiner possédait le même et s'il avait refusé que Frédéric passât *88* sur la table de montage, ils n'en seraient pas là, à ergoter sur sept bouts de carton !

Il revit Brunehilde au stand Unic : « C'est d'accord, monsieur Moure… »

Comme une décharge électrique le traversa : « Monsieur Moure… » Il n'avait jamais vu cette fille. Il ne s'était pas présenté à elle. Comment connaissait-elle son nom ?

8

Frédéric s'éveilla tôt. À son flanc, Catherine dormait profondément. Une gaze dorée flottait sur les arbres du parc de Saint-Cloud. La Seine était recouverte de brume. L'air était léger, rosé.

Il prit une douche, se vêtit et appela Gabriel.

— Mais il n'est pas sept heures ! protesta celui-ci.

— Justement, dit Frédéric. C'est l'heure !

— De dormir…

— De me rejoindre au bureau.

— Et puis quoi encore ?

— Prends quelques croissants en passant.

Imaginant la tête de Gagman, il souriait en raccrochant.

Gabriel était déjà là lorsqu'il arriva. Il avait mis en route la machine à café, les croissants dans une corbeille, le dossier Deflers posé sur le bureau.

Durant le déjeuner, ils parlèrent du travail à venir. Ils passeraient, dans l'antre du scénariste, un bon nombre d'heures à discuter passionnément de l'histoire qu'ils raconteraient. Gabriel rédigerait son texte. Il écrivait bien, simplement, directement. Il n'était pas seulement un bon « gagman », il savait exprimer les choses de façon émouvante.

Celui-ci termina son croissant, vida sa tasse et posa deux mains possessives sur le dossier.

— Première chose, on lui donne un nom. « Projet Deflers », c'est bon pour la compta. Que penserais-tu de « PRÉVOIR ».

— Je prends, dit Frédéric.

— Et pas question de faire de la science-fiction, poursuivit Gabriel. Ce sera une aventure vécue.

— Explique.

— Plutôt que de se livrer à de grandes explications qui barberont les gens, si on choisissait un personnage autour duquel on bâtirait le film ? Un brave type moyen qui aura décidé de s'adresser à cette machine et auquel le public pourra s'identifier. Les gens suivront tout le programme à travers lui, ils « seront » lui. Il faut leur donner l'impression que c'est de leur avenir qu'il s'agit.

La voix de Gabriel vibrait d'excitation. Frédéric sourit.

— J'aime ton enthousiasme.

— Je déteste ce logiciel, mais je suis fou de bonheur à l'idée de travailler à ce film, dit Gabriel drôlement.

— Catherine est de ton avis. Elle assure que jamais elle ne tenterait une aventure pareille. En tant que « patiente », bien sûr.

— C'est tout simplement monstrueux, approuva Gabriel. « Prévoir » ne tient compte que de la mécanique.

— Et si les gens étaient prisonniers de cette mécanique ? demanda Frédéric. Si, la connaissant, sachant où elle les freine, ils devenaient davantage maîtres de leur vie ?

— Maîtres de leur vie ! rigola Gabriel. Mais j'espère bien qu'ils ne le deviendront jamais tout à fait ! J'espère que la connaissance parfaite de notre moteur n'est pas « toute » la connaissance. Qu'on est faits d'autre chose que de vis, de boulons, d'accélérateurs ou de freins. Si on me disait que tout ce que je suis, pouvait être mis sur fiche, j'irais tout droit me flanquer à l'eau. Et ne me dis pas que tu n'es pas d'accord...

Il sortit de son tiroir une carte postale et la brandit sous le nez de Frédéric avec un regard malicieux.

Frédéric lui avait envoyé cette carte de Venise, après le passage de leur film. Avec ces mots : « C'est gagné. »

Toute une partie de la toile était plongée dans l'ombre, ombre dense, grouillante. Un groupe de trois personnages en émergeait, qu'une lumière d'orage saisissait de plein fouet. Ils fuyaient. L'ensemble dégageait une impression de violence.

— Retire les parties d'ombre, constata Gabriel, et les personnages ne seront plus rien. L'ombre est leur épaisseur.

— Mais c'est la lumière qui les fait vivre, protesta Frédéric. C'est pourquoi en éclairant leurs zones d'ombre, « Prévoir » aidera les gens.

— Ni « Prévoir » ni aucune machine ne pourra jamais tout éclairer.

— Alors, le plus possible !

Il avait parlé avec feu. Voilà que lui aussi se prenait au jeu ! Tout à coup, il pensa à Steiner : zone d'ombre dans son séjour à Venise. Il pensa à Catherine hier ; il lui en voulait encore. Il se secoua.

— Si je comprends bien, avant toute chose, nous devrons dégotter notre fameux sujet !

— J'ai déjà passé une annonce, lui apprit Gagman.

Dehors, le gravier du jardin crissa. Ils entendirent s'ouvrir la porte d'entrée ; un pas traversa le hall. Frédéric regarda sa montre, étonné.

— Arlette, dit Gabriel.

Il avait rosi.

— À huit heures ?

— Si je ne la mettais pas à la porte le soir, elle coucherait dans son labo. C'est son premier travail. Elle est passionnée.

— Comment vient-elle ?

— Métro. Puis à pied. Elle habite au Quartier latin.

— Ça fait une trotte, remarqua Frédéric. Elle se lassera.

— Ça m'étonnerait…

Gabriel se leva et alla ouvrir la porte. Frédéric le suivit des yeux. Amoureux ? Cette petite jeune fille fragile aurait-elle creusé la faille dans le célibataire endurci que se targuait d'être Gagman ?

Les pas montaient l'escalier de pierre, vifs, légers.

— Quel âge a-t-elle ?

— Vingt ans et demi.

Frédéric sourit :

— Et demi ?

Arlette apparut à la porte, le visage animé. « Oh, pardon ! » dit-elle en apercevant Frédéric. Elle fit mine de se retirer.

— Restez, rétorqua Frédéric.

Elle hésita une seconde puis rentra dans la pièce, les yeux fixés sur Gabriel : un oiseau frileux au regard apeuré.

— Nous parlions de « Prévoir », dit Gagman. Une grande aventure. Ça va fumer !

*

Les trois pères de la machine à tracer l'avenir s'appellent Deflers, Marchand et Érignac. Outre leur jeunesse – aucun d'eux n'a trente ans –, ce qui frappe en eux, c'est leur foi inébranlable, joyeuse, en leur expérience. Et le torrent de vitalité qui en découle. Ils foncent vers leur but, vous étourdissent de mots et de chiffres, prévoient vos objections avant que vous les ayez formulées. Selon eux, l'homme est un enthousiasmant composé de données que leur machine saura aiguiller. C'est prouvé, scientifique, irréfutable.

Reprenant une phrase de Péguy, Gagman les a surnommés « les trois petits bon Dieu ».

— Si le paradis leur ressemble, grogne-t-il, ça doit être un immense entrepôt plein de robots.

Sur leur questionnaire, nombreuses sont les questions touchant aux parents, à la petite enfance du sujet. On prendra l'homme à la racine. Point essentiel : les candidats à l'expérience devront souhaiter ardemment être aidés : gage de la sincérité de leurs réponses.

Le sujet n'est pas encore trouvé. Une annonce paraît chaque jour.

9

Lundi, mardi… Juin, c'est la saison de Catherine. Sa blondeur explose. Son teint reflète toutes les couleurs du temps. Quelques heures au soleil et elle devient pêche, brugnon.

Ils dînent presque chaque soir sur leur terrasse qui domine la Seine. Et, comme chaque année au printemps, Catherine affirme qu'elle aimerait louer, durant quelques semaines, une chambre d'hôtel à Paris. Sur les Tuileries, par exemple. Ainsi découvrirait-elle, en touriste, la plus belle ville du monde.

On fait souvent compliment à Frédéric de sa femme. À son journal, elle est considérée comme… redoutablement efficace. Elle prend très à cœur sa « mission » : aider les autres à être bien, à être mieux chez eux. Il écoute les compliments, frémissant de plaisir comme un amoureux qui ne s'est pas encore déclaré.

Cependant, depuis son retour de Venise, quelque chose a changé entre Catherine et lui. Il ne peut définir quoi. C'est à peine sensible : les choses ne sont plus tout à fait pareilles. Il y a entre eux comme une tension : quelque chose en attente. Il a demandé à Catherine de ne plus lui parler du vase.

Venise s'éloigne. Elle flotte, tache ocre, quelque part derrière lui, irréelle comme les derniers jours qu'il y a passés : comme un dénommé Steiner.

Mercredi. L'orage est au bord du ciel. La poussière colle au sol d'où monte une odeur lourde. De la terrasse de son appartement, Frédéric regarde le plomb enserrer les arbres de Saint-Cloud. On a du mal à respirer. Tout est suspendu, retenu.

Le téléphone sonne : Gagman ! Il vient de passer la soirée avec Marchand et Érignac, Deflers se baladant quelque part en Allemagne.

— Si on montre ces zouaves dans le film, la première chose à faire sera de leur apprendre à parler comme tout le monde, râle-t-il. Je ne comprends rien à leur charabia. Ou ils changent de vocabulaire, ou il faudra mettre des sous-titres.

Frédéric rit de bon cœur. Son ami a dû boire un verre de trop.

— Et écoute-moi bien, reprend Gagman. Il y a deux mots que ces gus, qui prétendent guider leur prochain, ont complètement paumés, c'est « homme » et c'est « amour ». Si tu as le malheur de les prononcer, ils te regardent comme un débile.

Gagman a raccroché. La pluie tombe enfin : de larges gouttes d'abord, comme arrachées au ciel. Puis, soudain, la délivrance : l'eau cingle les murs, envahit les rues, bouleverse les arbres, ouvre la terre, libère les odeurs.

Catherine est venue près de lui. Elle frissonne contre sa hanche, regardant avec méfiance cette débauche.

— Moi, dit-elle, j'aime le soleil ou le givre. La pluie, ça se termine toujours en boue…

Jeudi. Un professeur a parlé à la télévision de l'inquiétude. Elle gagne, paraît-il, comme une gangrène. Une peur franche serait préférable ; on s'en défendrait mieux. Le monde est déboussolé, les certitudes s'effondrent. L'homme n'a plus de guide.

En l'écoutant, Frédéric pensait à « Prévoir ». « On pourra peut-être vous aider à choisir votre route ; mais si toutes les routes atteignent un même point ? » Il s'interdit de prononcer le mot : gouffre.

Chaque soir, en venant chercher son mari à Publica, Catherine pose la même question : « Alors ? »

Alors, non ! Ils n'ont pas encore trouvé leur interprète. Aucun de ceux qu'ils voient ne leur plaît tout à fait ; la plupart « jouent ». L'émotion ne passera pas. Il faudrait quelqu'un de directement concerné.

Straglio, le producteur, s'impatiente. Il téléphone deux fois par jour.

Vendredi. Vêtue d'un peignoir mandarine, Catherine repose sur la fourrure de guanaco. Elle se redresse soudain.

— Pourquoi un homme ? demande-t-elle. Prenez une femme : une jeune femme au seuil de la vie, chargée de cette liberté toute neuve qu'on lui accorde aujourd'hui. Quoi de plus émouvant ? Qui ne se sentira concerné ? Les femmes s'identifieront à elle ; les hommes sentiront frémir en eux ce bon vieux désir de guider, de protéger…

Il est presque minuit. Frédéric appelle Gabriel.

— Une femme !

— J'y pensais, dit Gagman.

Le samedi vingt-deux juin, dès le réveil, Frédéric sut que Catherine avait quelque chose à lui demander. Elle était agitée ; sa voix n'était pas naturelle, et il surprit plusieurs fois son regard sur lui comme si elle guettait le moment favorable. Mais il la connaissait : il ne servirait à rien de la brusquer.

La journée s'annonçait superbe et elle prépara sur la terrasse le copieux petit déjeuner qui leur permettrait d'attendre jusqu'au soir pour prendre un autre repas : œufs, jus de fruits, jambon, toasts.

Un flot de voitures filaient vers l'autoroute. Protégés par la verdure de leur terrasse, ils pouvaient prendre des bains de soleil sans crainte d'être vus : leurs voyages.

— J'ai pris rendez-vous chez Renaudet, annonça Catherine. Il nous attend à trois heures cet après-midi.

— Renaudet ?

Le nom lui rappelait vaguement quelque chose.

— L'expert en objets anciens. Boulevard Saint-Germain.

Frédéric posa brusquement sa tasse.

— Que veux-tu faire chez cet expert ?

— Lui montrer notre vase. Savoir si c'est ou non une copie.

Dans le regard de Catherine, il y avait maintenant du défi.

— Ne compte pas sur moi pour y aller, dit-il. Il n'en est pas question.

Elle sortit de sa poche une paire de lunettes noires et les mit sur son nez. Son regard disparut.

— Je croyais que nous avions décidé de ne plus parler de cette histoire, reprit-il.

— J'ai changé d'avis. J'ai réfléchi.

— Peut-on savoir à quoi ?

— À nous.

Il ne comprit pas :

— À nous ?

— Cette histoire est entre nous depuis Venise. À partir du moment où tu attaches une telle importance à ce vase, cela ne sert à rien de ne pas en parler.

Une colère sourde, violente, déferlait en lui.

— Une telle importance ? Mais qui a commencé ? Qui a demandé à l'autre de regarder si le vase avait la fêlure ? Qui a recollé les morceaux à mon retour de Venise ? Qui en reparle aujourd'hui ?

Il criait. Jamais il ne lui avait parlé ainsi.

— Je n'aurais pas dû commencer, c'est vrai, regretta Catherine. Mais j'ai horreur de me faire voler et j'avoue que cette histoire m'intriguait. J'ignorais qu'elle te frapperait tellement.

— JE NE PENSAIS PLUS À CE VASE, scanda-t-il.

Elle posa la main sur la sienne. Il se dégagea. Il avait envie de quitter cette terrasse, claquer la porte, monter dans n'importe quelle voiture, disparaître sous le tunnel, là-bas. Disparaître.

— Si tu n'y pensais plus, dit Catherine lentement, pourquoi avoir gardé ces calques après m'avoir affirmé que tu les avais jetés.

Il se leva.

— Tu fouilles dans mes tiroirs, maintenant ? Mes poches ne te suffisent plus ?

Son ton était haineux. Elle retira ses lunettes. Ses yeux étaient pleins de larmes.

— L'autre nuit, je me suis réveillée et tu n'étais plus là. Je t'ai cherché. Tu regardais les calques. Tu es bien resté dix minutes le nez dessus. J'ai appris aussi, ajouta-t-elle plus bas, que tu t'étais renseigné sur Helmut Steiner. Quelqu'un a téléphoné...

Un choc, ou plutôt un arrêt brutal se fit dans la poitrine de Frédéric. Helmut Steiner… Comme elle avait prononcé ce nom ! Elle devait y avoir beaucoup pensé.

— Je m'intéresse en effet à ce type, dit-il d'une voix tremblante. Il est bourré de talent. Il a réalisé un film fantastique, et figure-toi qu'il m'a dit que le mien lui ressemblait. Après ça, il disparaît sans me donner d'explication. Je suis resté sur ma faim, voilà tout !

— Voilà tout ? murmura Catherine.

10

Deux cars de touristes étaient arrêtés devant l'église Saint-Germain-des-Prés, à côté de tranchées que creusaient des ouvriers africains. Le feuillage des marronniers était déjà roussi par les gaz des voitures.

C'était une boutique vétuste à la devanture poussiéreuse. Lorsqu'ils entrèrent, une femme sortit de l'ombre et s'avança vers eux. Elle avait un visage sans âge, figé.

— Madame Moure ?

— C'est moi, dit Catherine. Et voici mon mari. Nous avons rendez-vous avec M. Renaudet.

— Il vous attend, dit la femme. Je vais l'avertir que vous êtes arrivés.

Elle disparut au fond du magasin. Autour d'eux, sur des étagères protégées par des vitres des objets étaient alignés : poteries, ustensiles divers, personnages naïfs. Comme une force en émanait.

— Pourquoi parle-t-on bas dans un endroit comme celui-ci ? demanda Catherine à mi-voix.

Frédéric montra les objets.

— Les esprits, plaisanta-t-il.

Il se sentait plus calme. Il avait eu tort, ce matin, de se laisser emporter. Renaudet regarderait leur vase et leur apprendrait poliment que c'était une copie. Ils en seraient quittes pour une déception. On n'en parlerait plus.

Une porte recouverte de tapisserie s'ouvrit ; un homme aux longs cheveux blancs se dirigea vers eux. Il s'inclina sans tendre la main :

— Veuillez me suivre.

La pièce était à peine éclairée, garnie de bibliothèques. Renaudet leur désigna deux sièges et prit place derrière son bureau.

— Que puis-je faire pour vous ?

Catherine sortit avec précaution le vase du chiffon dans lequel elle l'avait emmailloté et le posa devant l'expert.

Une brève expression de surprise passa sur le visage de celui-ci. Il tendit ses mains semées de taches brunes et prit l'objet.

— Où avez-vous eu ce vase ?

— À Mycènes. Un jeune garçon nous l'y a vendu il y a cinq ans.

— Officieusement ?

— Tout ce qu'il y a de plus, dit Frédéric. Il y a même eu une mise en scène terrible : on nous l'a remis de nuit, dans une ruelle déserte. Nous nous sommes demandé si tout cela n'était pas fait pour nous le vendre plus cher.

— Ne vous êtes-vous pas plutôt demandé si cet objet n'était pas le produit d'un vol ?

— Est-ce le cas ? demanda vivement Catherine.

L'homme secoua la tête.

— Non ! Car alors ce vase serait répertorié ; or, il ne l'est pas. Le jeune homme qui vous l'a vendu devait fouiller pour son propre compte. Cela arrive. C'est interdit, évidemment ! Voilà la cause de la « mise en scène ».

— Il nous a montré un certificat d'authenticité, dit Catherine, indiquant qu'il s'agissait d'une pièce unique.

— Le certificat, lui, a sans doute été fabriqué, dit Renaudet.

Il posa l'objet sur son bureau et alluma une lampe. La lumière enveloppa le vase. Il le regardait très attentivement, sans le toucher, avec une sorte de respect.

— Vous désirez le vendre ? demanda-t-il enfin.

— Pour l'instant, nous souhaiterions seulement avoir votre avis sur lui, dit Frédéric.

L'homme se leva. Il se dirigea sans hâte vers une bibliothèque, en sortit un livre volumineux et vint le poser sur la table devant le couple.

— Il semblerait, dit-il, que votre vase soit un vase funéraire. Je le situerais volontiers à l'époque géométrique, environ huit siècles avant Jésus-Christ.

Il tourna quelques pages du livre et s'arrêta à une cruche dont un oiseau stylisé, noir avec des taches rouges sur les ailes, formait le motif.

— Votre poterie, ainsi que beaucoup d'autres à cette époque, était appelée « magique ». On s'en servait pour conjurer le sort : cet oiseau que vous voyez là, par exemple, attaque du bec le mauvais sort.

— Le motif dessiné sur notre vase avait-il donc un sens ? demanda Catherine.

— Certainement, acquiesça l'expert. C'est un motif que l'on retrouve très souvent. Ces guirlandes de huit sont, on peut le dire, banales. La forme du vase est, elle aussi, banale.

— Cela veut-il dire qu'il existe beaucoup de poteries semblables à la nôtre ? demanda Frédéric.

L'homme posa à nouveau ses yeux sur l'objet.

— La forme est banale, le motif aussi, dit-il lentement. Cependant, je n'avais jamais jusqu'ici vu un tel motif sur un tel vase.

Frédéric ferma une seconde les yeux. Un camion passait sur l'avenue et les vitres des armoires tremblèrent. Le sang avait envahi les joues de Catherine.

— Et comment expliquez-vous cette… rencontre ? demanda-t-elle d'une voix contenue.

— Je n'essaie pas de l'expliquer, madame, répondit l'expert avec un bref sourire. L'art est une aventure. Son pouvoir est si grand qu'il défie les frontières et le temps. Nous ne saurons probablement jamais comment cette guirlande est arrivée sur votre vase.

Il éteignit la lumière et reprit l'objet dans ses mains pour le contempler un moment avant de le rendre à Catherine.

— Mais voici le genre de « rencontre » qui donne à notre métier toute sa saveur.

Frédéric se leva. Catherine demeurait assise, les yeux fixés sur le vieil homme.

— Ce vase serait donc, à votre avis, un spécimen unique !

— Il n'en existe pas d'autre à ma connaissance, dit l'expert.

Sa voix devint froide :

— Quelque prix que vous l'ayez payé, tranquillisez-vous. C'est une affaire inestimable.

La nuance d'ironie qui était passée dans la voix de l'homme n'échappa pas à Catherine.

— Nous l'avons acheté pour sa beauté, se rebiffa-t-elle, et non dans le but de faire une affaire. Nous ignorions tout de sa valeur. Jamais nous n'aurions pensé qu'il était unique.

Son regard rencontra celui de Frédéric. Elle détourna les yeux.

— Prenez garde au pied, dit l'expert. Il y a là comme un début de fêlure.

— Nous l'avons remarqué, répondit Catherine avec un petit rire grelottant.

Elle remit le vase dans le tissu, puis dans le sac.

— Nous vous devons combien ?

Renaudet secoua la tête.

— Promettez-moi seulement que si vous songiez à vous en défaire, ce serait à mon profit.

En se retrouvant sur le boulevard, Frédéric eu l'impression d'émerger péniblement d'un rêve.

11

Je fus très surpris quand, le lundi vingt-quatre juin, Frédéric m'annonça son intention d'aller rencontrer Deflers à Francfort.

Ce dernier passait en effet quelque temps dans cette ville. « Nous n'aurons pas, me déclara mon ami, un panorama complet de l'expérience avant de l'avoir interrogé lui aussi. » Nous avions déjà amplement bavardé avec Érignac et Marchand ; le troisième « petit bon Dieu », qui s'occupait plus particulièrement de l'analyse du rêve, apporterait, assurait-il, des éléments nouveaux.

Je ne fis, sur le moment, aucun lien entre ce voyage et Helmut Steiner. Frédéric m'avait parlé de *88* et de son étrange metteur en scène. Le sujet ne semblait pas lui être agréable ; j'avais attribué cela au fait que le prix lui avait échappé. Frédéric avait beau juger normal de ne pas recevoir la coupe une troisième fois, il avait certainement été déçu d'entendre nommer Steiner avant lui.

Je fus tellement soulagé qu'il ne me demande pas de l'accompagner que je ne m'interrogeai pas davantage sur cette décision ; et pourtant, sa soudaineté, alors que son agenda était plein, ne ressemblait en rien à mon ami.

J'étais à vrai dire très heureusement absorbé à cette époque ; tout attentif au bouleversement qui s'opérait en moi. Je commençais, sans me l'avouer encore tout à fait, à aimer Arlette, et ce sentiment m'accaparait à tel point que je survolais tout ce qui m'entourait. Seul *Prévoir* me semblait digne d'une redescente sur terre ; encore *Prévoir* était-il étroitement lié à Arlette ; c'était en prévision de ce travail que je l'avais engagée.

Sans fard, une épaisse natte brune sur les épaules, mince mais sans maigreur, c'était une jeune fille d'un autre temps, je veux dire, faite d'un autre tissu que celles que j'avais rencontrées jusque-là. Elle avait vécu jusqu'à dix-huit ans – âge auquel elle avait eu son bac – à Orly, chez ses parents, entourée comme je l'avais moi-même été, d'une bande de frères et sœurs plus jeunes, exigeants et bruyants.

Faute de temps et de moyens, elle n'avait rien connu de la facilité de vivre, apanage de tant de jeunes filles d'aujourd'hui. Son travail au lycée, ajouté à celui de la maison où elle secondait sa mère, ne lui laissait aucune place pour la distraction. Pour s'évader de cette grisaille, Arlette s'était mise à rêver.

Elle qui vivait dans un deux-pièces-living sans lumière ni beauté, et voyait s'écouler sans relâche le flot gris de la tristesse et de la médiocrité, s'était prise de passion pour la photo. Elle découpait toutes celles qui lui plaisaient dans les journaux ; pas des photos de chanteurs ou d'acteurs, mais des photos qui l'emmenaient loin, des paysages, des visages heureux, de belles demeures. Elle s'était mise à collectionner l'évasion.

Bac en poche, une sœur assez grande pour prendre la relève à la maison, Arlette s'était placée au pair dans une famille bourgeoise du Quartier latin. Durant ses heures de liberté, elle avait suivi les cours de la FEMIS et en était sortie dans un rang convenable.

Son travail à Publica était son premier travail. Je me souviens encore du jour où je l'avais engagée. J'avais passé une annonce et recevais depuis le matin de ces petites jeunes filles vêtues branché qui feuilletaient dans le hall des journaux féminins. Arlette ne lisait pas. Il faisait frais. Dans un blouson qui avait fait son temps, elle tremblait d'impatience et d'appréhension, se résignant à n'être pas choisie. Ses genoux étaient blancs d'être serrés l'un contre l'autre. Il me sembla que je devais avoir le même regard lorsque j'étais venu me présenter à Frédéric. Je ne serrais pas mes genoux alors, mais mes poings dans mes poches.

Sérieuse, confiante et naïve, enfant, mais enfant acharnée à son travail, passionnée, avide de tendresse, de conseils, reconnaissante pour la moindre attention, ignorante d'à peu près tout mais consciente de l'être et irremplaçable à force de ténacité dans le peu qu'elle savait, Arlette était bien telle que j'étais moi, cinq années plus tôt. Je me retrouvais avec émotion dans ses enthousiasmes, ses moments de doute ou d'anxiété et j'eus très vite envie de la protéger, de faire pour elle ce que Frédéric avait fait pour moi. Je m'y pris avec précaution : le moindre geste de pitié, par exemple, l'aurait profondément blessée, et elle n'eût jamais accepté une aide financière.

C'est en arrivant à Publica que, ce lundi-là, Frédéric m'annonça son intention de prendre l'avion le soir même pour Francfort. Il y resterait mardi et serait de retour mercredi en fin de matinée ; je devais déplacer tous ses rendez-vous, dont un avec notre producteur.

Je l'accompagnai à Roissy à dix-huit heures. Il y avait beaucoup de circulation : on avançait au pas. Durant le trajet, nous ne parlâmes que de *Prévoir*.

12

L'avion s'inclina et Francfort sembla monter à la rencontre de Frédéric, pièce de loden surfilée de clair, déchirée par le Main. Un long frémissement parcourut l'appareil comme il abordait la piste. On sentit à peine les roues toucher le sol ; le bruit des freins engloutit la musique rassurante ; ils étaient arrivés !

Dépassant le troupeau d'hommes vêtus de sombre, attaché-case à la main, Frédéric, sac en bandoulière, arriva en tête à la station de taxis. Il se fit conduire directement à son hôtel : celui où il était descendu avec Catherine lors de leur dernier voyage.

Le directeur l'accueillit chaleureusement ; il se souvenait de lui.

Après tout, ce n'était pas si loin ! La Saint-Sylvestre de l'an passé.

Après avoir dîné à l'hôtel, Frédéric alla flâner dans les rues. C'étaient des rues calmes, spacieuses, bordées de magasins de luxe. Une profonde nostalgie l'envahissait. À Noël dernier, ils avaient passé ici, avec Catherine, une merveilleuse semaine. Cette ville moderne, dynamique, convenait à sa femme. Elle partait pour de longues promenades dont elle revenait, excitée comme une enfant, les bras chargés de « surprises ».

Ils sortaient presque chaque soir ; il était fier de la présenter à un milieu qui savait apprécier la vie et la beauté. Le bal masqué avait été une réussite.

Comme soudain, cela lui paraissait loin. Des instants qui ne reviendraient pas.

De retour dans sa chambre, il forma le numéro de Steiner. Sur répondeur. « Bonsoir. Ici Frédéric Moure. Je passerai demain à la Bavaria, à seize heures et serai heureux de vous voir. Merci ».

Il raccrocha. Il se sentait soulagé. Il était venu à la racine des choses. Sur un point, Catherine avait raison : il n'avait pas pardonné au metteur en scène allemand de lui avoir fait faux bond après avoir éveillé sa curiosité. Demain, il saurait enfin d'où venait le vase de *88*. Les paroles de Renaudet l'avaient impressionné : par quel hasard extraordinaire Steiner possédait-il un vase exactement semblable au leur, alors que, d'après l'expert, celui-ci était unique ?

Il se coucha tôt. Il avait laissé rideaux et fenêtres ouverts et la nuit entrait dans la chambre, fraîche, mouvante comme l'eau.

Tandis que le sommeil le prenait, il lui sembla être suspendu entre deux villes : la ville ocre où la Fortune oscille sur son globe doré, et la cité de béton et de verre.

Suspendu entre le monde du rêve et celui de *Prévoir*.

Les bureaux d'Unic se trouvaient au douzième étage du building Bavaria. Frédéric était venu à plusieurs reprises à Francfort et connaissait bien le bâtiment. À la sortie de l'ascenseur, une jeune fille en tailleur orange, assise derrière un bureau de même couleur, l'accueillit avec un grand sourire. Il déclina son nom.

— Je voudrais voir M. Steiner.

— Un instant, dit la jeune fille en décrochant le téléphone.

Il avait formulé sa demande en français ; elle avait répondu en anglais ; maintenant, elle parlait allemand, très vite, et il ne comprenait pas un seul mot de ce qu'elle disait.

Elle raccrocha.

— M. Steiner n'est pas encore arrivé. Son assistante va vous recevoir.

Ce n'était pas Brunehilde qui l'attendait au bout du long couloir aux murs musicaux, mais la jeune femme brune à lunettes qui, à Venise, était montée sur l'estrade pour recevoir la coupe. En la reconnaissant, Frédéric éprouva un léger pincement au cœur. Elle lui serra vigoureusement la main.

— *Le Propre de l'homme*, dit-elle avec un clin d'œil. Helmut m'a avertie de votre passage. Vous êtes pour quelque temps à Francfort ?

— Pour la journée seulement.

Elle consulta sa montre.

— Il ne devrait pas tarder. Il m'a demandé de me mettre à votre disposition en l'attendant. Y a-t-il quelque chose que vous aimeriez voir ?

Frédéric hésita à peine.

— Oui, dit-il, *88*.

La salle de projection était prise. Il se retrouvait tout naturellement, comme à Venise (devant une table de montage où le film était engagé.). Et comme à Venise, il avait demandé qu'on le laissât seul.

Il avait été, ces derniers temps, en proie à un malaise indéfinissable qui le rendait, à certains moments, surtout lorsque tombait la nuit, désagréablement fébrile. Il imputait cela à l'attitude de Catherine. Et voici qu'ici, il éprouvait un grand calme. Oui, il était venu à la racine des choses.

D'un geste résolu, il fit démarrer le film. Les sept morceaux de vase apparurent sur le sable, fruits d'un éclatement, comme sept lettres d'un mot, ou sept mots d'une phrase : un message ?

Il sembla à Frédéric entendre la voix pensive de Renaudet : « Il se trouve que jusqu'ici je n'avais jamais vu un tel motif sur un tel vase... »

Progressivement enveloppés de brume, les morceaux de vase disparurent et, de cette brume, de ce vase brisé peut-être, mais oui, c'était là le sens de cet éclatement, de ce vase brisé, surgirent comme une fumée, puis se précisèrent les visages torturés.

Frédéric se pencha sur l'image. Il se souvenait d'un conte qu'il avait beaucoup aimé, enfant : un pêcheur trouvait une jarre dans la mer et la débouchait. En sortait un génie... Poterie. Poterie magique.

Les flashes sur le monde moderne succédaient aux visages. Il en connaissait le déroulement par cœur. Il n'avait plus à tendre son attention.

Quelque part, un léger bruit retentit et l'éclairage se modifia. Ce fut alors, au moment où il allait se retourner, que cela arriva !

Son visage ! Son visage, une seconde, était apparu sur l'image.

Le cœur battant, il arrêta le film. Ce n'était pas possible, il délirait. La main tremblante, il repartit en arrière. Le silence qui l'enveloppait un instant auparavant, s'était brusquement rompu. Ses oreilles bourdonnaient et il ressentait une sensation d'écœurement. Son visage dans ce film ? Il arrêta à nouveau l'image, se pencha.

Oui, il était là, dans un fondu enchaîné ; il ne s'était pas trompé.

Le visage était à peine dessiné : une esquisse, un reflet. Un vertige le traversa en même temps qu'une soudaine envie de rire. Quelle farce ! Qui s'était amusé à lui jouer ce tour ? Pourquoi ?

Le stress faisant trembler ses doigts, il saisit un crayon gras et, vu la toile, réunit quelques traits. C'était bien son visage, mais plus creusé, empreint d'angoisse, plus vieux peut-être. Comme si vous retrouviez une photo de vous prise dans quelques années... L'impossible !

Il revint en arrière pour saisir le moment exact où le visage se dessinait. Sur la joue de celui qui se trouvait en filigrane dans le film *88*, sur « sa » joue, un trait supplémentaire vint s'inscrire, comme une balafre. Instinctivement, la main de Frédéric se posa sur son propre visage : sa joue était lisse. Il ajouta cependant le trait au calque. L'écœurement, le vertige, étaient insupportables.

— Monsieur Moure ?

Il rouvrit les yeux. Helmut Steiner se tenait à ses côtés, le visage inquiet. L'écran était sombre. Qui avait arrêté le film : lui ou Steiner ?

— Vous ne vous sentez pas bien ?

Sans répondre, Frédéric secoua la tête.

— Ça doit être la chaleur, dit l'Allemand. Cette pièce est à peine aérée.

Du menton, incapable de parler, Frédéric désigna le visage qu'il avait tracé sur l'écran.

— Pourquoi avez-vous dessiné votre visage ici ? interrogea Steiner.

— Je ne l'ai pas dessiné. Il était là, murmura Frédéric.

— Là ?

L'Allemand ne paraissait pas comprendre.

— Il m'a suffi de réunir ces traits.

Il avait à nouveau envie de rire. De dire : « Assez ! Assez joué ! Assez plaisanté ! » Et l'expression de Steiner, grave, interrogative, ajoutait à son désarroi. Il devait bien savoir, pourtant, ce qu'il avait mis dans son film.

— Comment votre visage pourrait-il se trouver ici ? demanda Helmut Steiner lentement.

— Mais je n'en sais rien, dit Frédéric avec un rire bref. C'est à vous de me le dire ! Ce n'est pas moi qui ai fait ce film. Ni qui me suis donné cette tête de... décavé !

D'un geste décidé, Steiner prit une gomme. Il effaça rapidement les traits tracés par Frédéric et remit le film en marche. Il l'arrêta au hasard et, prenant le crayon, rapidement, réunit à son tour des traits sur l'image, obtint d'autres formes, d'autres visages.

— Un dessinateur habile peut toujours, à partir de n'importe quel dessin, obtenir n'importe quoi.

Frédéric redressa la tête.

— N'importe quoi, oui ! Pas son propre visage.

— À moins qu'il n'ait essayé de l'y trouver, dit l'Allemand à mi-voix.

Frédéric se mit à rire.

— Pourquoi diable aurais-je essayé de trouver mon visage dans votre film ?

C'était absurde, ce qui lui arrivait ! Cette conversation, cette envie de convaincre qui l'étreignait soudain.

Il se ridiculisait : son visage était là, un point c'est tout ! Steiner le regarda attentivement ; un léger sourire éclaira sa physionomie, adoucissant l'expression hautaine, ou plutôt, lointaine, qui avait frappé Frédéric à Venise et mis ses amis si mal à leur aise.

— Recommençons l'expérience, décida-t-il. Ainsi serez-vous rassuré !

— Allons-y, acquiesça Frédéric.

L'irritation le gagnait. Il n'avait pas besoin d'être « rassuré ». Il voulait, il exigeait une explication. La plaisanterie avait assez duré.

Steiner alla refermer la porte et fit repartir le film. Au fondu enchaîné, sur la demande de Frédéric, il arrêta l'image. Frédéric se pencha. Le visage n'était plus là ! Il tenta à nouveau de raccorder les traits. Certes, son crayon obtenait quelque chose, mais rien de mieux que ce que Steiner avait obtenu tout à l'heure : des contours vides.

Il laissa tomber le crayon. Il ne comprenait pas. L'Allemand restait silencieux. Il lui en sut gré. Après tout, c'était vrai, il était rassuré. Mais de quoi avait-il eu si peur ?

Un peu plus tard, le reconduisant à la porte d'Unic, Helmut Steiner le pria de venir dîner le soir chez lui. Il serait heureux de parler du *Propre de l'homme*.

[illegible]

[illegible]

[illegible]

[illegible]

[illegible]

13

Frédéric revint à l'hôtel, prit une douche, se changea. Un brouillard épais emplissait sa tête. Ce n'était pas douloureux, plutôt comme les suites d'un choc, il pensa : « Le brouillard de *88*. » Il avait envie de s'étendre sur son lit. Dormir.

Il réclama de l'aspirine au valet et fit fondre les cachets dans l'eau afin qu'ils agissent plus rapidement. Il s'appliquait à faire chaque geste lentement, calmement, en en prenant bien conscience. Il n'appela pas Catherine. Après tout, il serait à Paris demain à l'heure du déjeuner.

Vers huit heures, il descendit au bar. C'était l'un de ces endroits anonymes et capitonnés où la décoration, le mobilier, bien que du plus mauvais goût, réussissaient à vous faire sentir à l'aise, entouré, en sécurité.

Il s'installa dans un canapé et commanda un cocktail. Le brouillard se dissipait et il se sentait à nouveau capable de voir plus lucidement les choses.

Le sentiment qui dominait en lui était toujours un sentiment d'irritation en face d'un fait totalement incompréhensible. Mais un fait ! Il n'avait pas inventé ce visage ! De cela, il était certain. Et pourtant, quand, avec Steiner, il avait recommencé l'expérience, celui-ci n'était plus là. Son irritation venait en grande partie de ce qu'il n'avait pas semblé le croire. Odieux de penser qu'il ait pu l'imaginer victime d'hallucinations ! Que s'était-il passé pour que le visage disparût ? Ou plutôt, pour qu'il s'inscrivît sur l'image ?

Il acheva son verre et en commanda un autre. Le bar se remplissait ; essentiellement d'hommes ; les mêmes que ceux qui, hier, l'entouraient dans l'avion. Des hommes vêtus de sombre aux visages presque identiques. L'un d'eux s'installa non loin de Frédéric et lui sourit avec complicité. Leur ressemblait-il donc ? Il se détendit un peu. Dommage que Gabriel ne fût pas là ! Il aurait, d'une boutade, remis les choses en place. Il tenta de revoir les faits dans leur chronologie. À quel moment avait-il vu apparaître le visage ? Soudain, un détail lui revint en mémoire : il y avait eu, derrière lui, un léger bruit ; la lumière s'était modifiée. C'était alors que le visage était apparu.

Le bruit ? La porte ouverte par Steiner, bien sûr ! Et il était sur le point de se retourner quand, son visage apparaissant, il n'avait plus songé qu'à lui. C'était donc le réalisateur qui, modifiant l'éclairage en entrant dans le labo, avait fait apparaître une image que, sinon, il n'aurait jamais découverte.

Une sensation de soulagement l'emplit. Non ! Il n'avait pas été victime d'une hallucination. Et il se souvenait très bien maintenant qu'avant de faire repartir le film, Steiner était allé refermer la porte, recréant ainsi l'éclairage tel qu'il était avant sa venue, effaçant le visage. Il faudrait s'en assurer. Allait-il demander à revoir une troisième fois *88* ?

Soudain, un désir intense d'abandonner, d'oublier cette histoire l'envahit. Son irritation se reporta sur Catherine. C'était elle qui avait tout déclenché avec ses questions sur le vase ; à cause d'elle qu'il se trouvait ici et avait découvert ce visage. Du moins allait-il être fixé au sujet de leur poterie.

Il était l'heure de se rendre à l'invitation de Steiner.

— Entrez ! dit l'Allemand.

Il s'effaça pour laisser passer Frédéric. Comme chez ce dernier, l'ascenseur donnait directement dans le salon.

La pièce, très vaste, était presque nue. Une moquette gris fer recouvrait le sol, quelques meubles modernes, pour la plupart transparents, faits de tubes, de glace et de verre, étaient disposés çà et là. Il n'y avait pas de désordre, aucun papier, aucun livre. Il n'y avait pas de vie.

— Asseyez-vous.

Il prit place dans un fauteuil : feuille de plexiglas posée sur une croix noire. Helmut Steiner s'assit en face de lui. Il portait un costume sombre, coupé de façon impeccable. Tout ce qui l'entourait avait cette perfection. Un domestique entra : un Japonais. Il s'inclina devant Frédéric et lui présenta un gobelet dans lequel tremblait un liquide clair.

— Saké, Monsieur ?

— Volontiers.

Le Japonais posa le gobelet devant lui, en apporta un autre à Steiner, puis disparut. Frédéric trempa ses lèvres dans le liquide tiède et parfumé. L'Allemand le regardait en silence.

— Je vous demande de m'excuser pour tout à l'heure, dit Frédéric. Je suppose que je me suis montré odieux. Ou tout simplement ridicule.

— Ne vous excusez pas, dit Steiner avec un sourire. Sachez que moi aussi j'aurais pu retrouver mon visage, ou du moins un certain visage de moi, dans *Le Propre de l'homme*, votre film.

— Mon visage était réellement dans *88*, affirma Frédéric.

— Et comment expliqueriez-vous sa présence ?

— Une plaisanterie. Quelqu'un a glissé une photo de moi à cet endroit du film ; c'est un montage facile à exécuter.

— Pourquoi l'aurait-il fait ?

— Je n'en sais rien. J'ai deux fois remporté la coupe…

— Ce serait là une bien sinistre vengeance, dit le réalisateur. Et je ne peux y croire. J'ai exécuté personnellement toutes les planches de ce film et suivi le travail de bout en bout. Il ne s'y trouve pas d'autres personnages que ceux de Goya. Il ne pourrait, d'autre part, s'agir d'une photo.

— Et pourquoi ?

La sensation d'irritation, d'impuissance revenait.

— Le visage que vous avez retracé est celui d'un homme qui vous ressemble, mais en beaucoup plus âgé ; celui d'un homme qui a souffert, ou souffre.

Le regard de Steiner s'attarda sur le visage de Frédéric ; quelque chose, une émotion, passa sur ses traits et, un bref instant, la vie remplaça la froideur hautaine :

— Il n'a rien à voir avec votre visage d'aujourd'hui.

— Il doit pourtant y avoir une explication, s'exclama Frédéric. À moins, ajouta-t-il avec un rire, que vous ne voyiez là une mystérieuse histoire de destin…

Le visage de l'Allemand était de nouveau lointain.

— Il arrive, répondit-il avec calme, que l'on redoute si fort les desseins du destin qu'on en vienne, à son insu, à les recréer soi-même. Cela a été, vous ne l'ignorez pas, l'objet de nombreuses œuvres.

— Je ne redoute pas les desseins du destin, dit Frédéric. En ce qui me concerne, je les crée.

Il but une gorgée tiède de saké.

— Pourquoi avez-vous quitté Venise si brusquement ? demanda-t-il sans transition.

— La personne qui me remplaçait ici avait été victime d'un accident. J'ai été rappelé d'urgence.

— J'ai regretté… dit Frédéric.

Il se revoyait dans la grande salle, lors de la remise des prix. Il se souvenait de cette impression pénible, insupportable, d'avoir été floué.

— Vous méritiez la coupe autant que moi, remarqua Steiner. Vous avez puisé dans le présent ce que je ne faisais, moi, que puiser dans la vision géniale d'un peintre du passé.

— Personne ne l'aurait fait aussi bien que vous !

Soudain, il n'avait plus envie de parler du *Propre de l'homme*. Quand le réalisateur évoquait son film, il semblait à Frédéric que celui-ci lui échappait. C'était, ce qu'il avait fugitivement entendu au fond des rires, qui intéressait Steiner : le tragique. Mais c'était à son insu que Frédéric l'avait touché ; il n'avait pas envie de s'y attarder.

— À Venise, le bruit courait que *88* était votre premier et dernier film, dit-il.

Un bref sourire passa sur le visage du metteur en scène.

— On se trompait sur un point ! *88* n'est pas mon premier film. Autrefois, avant de me lancer dans le combat publicitaire, j'en ai réalisé quelques autres.

— Le « combat » publicitaire ?

— Ne s'agit-il pas, dit Steiner tranquillement, d'engraisser les loups afin qu'ils ne mordent plus ? De les neutraliser ?

— Je ne comprends pas, dit Frédéric.

— Vous êtes trop jeune. Et les loups sont provisoirement endormis.

— Qui appelez-vous ainsi ?

— Nous, dit Steiner. Nous tous… Pour peu qu'on nous en donne l'occasion.

— C'est cela que vous avez mis dans votre film ?

— Goya l'y avait mis. Notre face secrète ! Laideur, voracité, désespoir.

— Vous avez souffert… murmura Frédéric.

Il lui semblait tenir enfin un fil. La guerre, Steiner : adolescent juif. Il devait avoir vingt ans.

— C'est du passé, constata celui-ci.

— Comptez-vous réaliser d'autres films ? demanda Frédéric.

— Je ne le pense pas. J'ai fait celui-ci comme… malgré moi. Un besoin intérieur auquel je ne pouvais me soustraire. Une sorte… d'ordre.

Le Japonais apparut. Il s'inclina silencieusement. Steiner se leva.

— Si nous allions dîner ?

14

Les plats étaient exquis et parfumés. Helmut Steiner y touchait à peine. La table était faite d'un miroir posé sur un arc de fer. Lorsqu'on se penchait, on s'y voyait et c'était comme si un autre était assis là : un autre plus âgé, car un visage penché porte le poids d'une souffrance future.

Ils parlèrent de ce conte dont Frédéric s'était souvenu tout à l'heure : le pêcheur qui avait trouvé une urne dans la mer et libéré le génie qui s'y trouvait enfermé. Pour le remercier de l'avoir libéré, le génie l'avait comblé de dons, mais, avec l'abondance, la discorde était apparue dans le ménage du pêcheur, l'amour s'en était allé et le pauvre homme n'avait eu de cesse de renfermer le génie dans le vase.

— Y parvint-il ? demanda Steiner.

— Il y parvint, le rejeta à la mer et vécut à nouveau, pauvre et heureux, dit Frédéric.

Ils regagnaient le salon, où le café était servi.

— En voyant *88* cet après-midi, je me suis souvenu de ce conte, dit Frédéric. N'est-ce pas du vase que sort votre… ballet infernal ?

— C'est du vase, en effet, dit Steiner. Mais aucune âme simple ne l'y fera jamais rentrer : le vase est définitivement brisé.

— Et que représente-t-il pour vous ?

— À votre avis ?

— Notre part d'ombre ? murmura Frédéric.

— Ce qui est enfoui au plus profond de nous, acquiesça Steiner, ce que certains appellent les « forces obscures », dont parfois nous sentons la présence, sans pouvoir la définir.

— Et à la fin, cette verte prairie ?

— Le sommeil, l'oubli. Mais ne vous y trompez pas, les herbes sont de plastique, elles n'ont pas d'odeur.

— On dirait des vraies !

— On aurait dit de la vraie gaieté dans *Le Propre de l'homme*.

— Où avez-vous trouvé ce vase ? demanda abruptement Frédéric.

Sa voix lui sembla étrange : celle d'un autre. Pleine d'une émotion qui le surprit lui-même. Steiner ne manifesta aucun étonnement.

— Excusez-moi un instant, dit-il.

Il se leva et quitta le salon. Frédéric marcha jusqu'à la baie qui prenait tout un mur de la pièce. Le ciel était comme un fond de puits. En bas, on voyait couler le Main. De peureux insectes avançaient rapidement le long des murs.

Il appuya son front à la fraîcheur de la vitre. Le visage aperçu dans le film revenait le hanter. « Les forces obscures… » Francfort brillait d'un éclat froid.

— Une ville pour les loups assoupis, dit Steiner derrière lui. Une ville où l'esprit n'a pas place.

Frédéric se retourna. Son hôte tenait un livre d'art. Il le posa sur une table, l'ouvrit.

— Je l'ai tellement consulté qu'il s'ouvre à la bonne page.

Sur celle de gauche, il y avait un vase de même forme que le leur, mais nu, sans décoration : une poterie classique, banale. Sur la page de droite, un vase de forme différente portait la guirlande de huit. Tous deux étaient en noir et blanc.

— Voici le vase de *88*, dit Steiner. Un composé de ces deux-là.

Frédéric tendit le doigt.

— Pourquoi avez-vous placé le motif à cet endroit ?

— Si vous découpez ces deux vases et les mettez l'un sur l'autre, le dessin prend automatiquement cette place.

— Et la couleur ?

— Tous les vases de cette époque ont les mêmes, à quelques exceptions près. Je l'ai peint moi-même.

Il fit mine de refermer le livre. Frédéric l'arrêta. Sa main, sur le bras du réalisateur, tremblait légèrement.

— J'ai chez moi très exactement la même poterie que celle que vous avez reproduite, dit-il.

Steiner dégagea doucement son bras. Il regardait Frédéric avec une extrême attention.

— On ne peut voir là qu'une pure coïncidence.

— Qui a beaucoup troublé ma femme. Elle m'a traîné chez un expert. Il nous a confirmé que notre vase était unique.

— Vous voici donc rassuré !

Frédéric s'éloigna de la table. Rassuré ? Mais ce visage, cet après-midi ? À nouveau, un sentiment indéfinissable l'emplissait : il était mené. Par qui ? Vers quoi ?

— J'ai exécuté ce vase à partir des deux photos que nous venons de regarder ensemble, dit Steiner d'une voix nette, comme s'il comprenait son malaise. Je l'ai peint moi-même et l'ai ensuite brisé en sept morceaux. Sept étant, vous le savez, un chiffre clé. Mon vase à moi n'a jamais été qu'un morceau de plâtre sans valeur.

— Le nôtre est fêlé très exactement à l'un des endroits où le vôtre est cassé, dit Frédéric avec effort.

— Un vase a ses points faibles.

Exactement ce qu'il avait dit à Catherine en revenant de Venise : « Un vase a ses points faibles... » « Et la couleur ? » avait-elle insisté.

Soudain, il eut envie de la présence de sa femme, une envie physique, violente. Respirer Paris à ses côtés, la faire sienne.

— Je vais devoir vous quitter, dit-il. Je suis fatigué.

Steiner inclina la tête. Ils se dirigèrent ensemble vers la porte.

— Quel produit lancera *88* ? demanda Frédéric.

— Sans doute l'un de ces médicaments qui savent faire oublier aux gens ce que vous avez appelé tout à l'heure le « ballet infernal », répondit le réalisateur.

— Un tranquillisant ?

— C'est le nom que l'on donne à ces produits.

— En ce cas, votre film est remarquable, dit Frédéric. Il crée l'angoisse ; il propose l'apaisement.

— J'ai ressenti cela dans *Le Propre de l'homme*, dit Steiner.

Ils s'arrêtèrent près de la porte.

— Désirez-vous revoir encore une fois *88* avant votre départ ?

— Non merci, dit Frédéric. Ce n'est plus nécessaire. Et mon avion décolle demain à onze heures. Je ne veux pas vous obliger à vous lever dès l'aube.

Steiner eut un sourire.

— Je ne sais plus guère dormir, murmura-t-il.

La porte de l'ascenseur s'ouvrit. La tête un peu rentrée dans les épaules, le metteur en scène le regardait, et Frédéric ressentit, comme à Venise, un obscur appel mêlé de répulsion. Il tendit la main.

— Merci.

— Remettez le génie dans le vase, dit Steiner, et rejetez-le à la mer.

15

Frédéric rentra de Francfort le mardi vingt-six juin. Son avion atterrit à Roissy à midi. Un rendez-vous important me retenait à Publica ; je n'allai pas le chercher.

Il prit un taxi et se fit mener directement au bureau.

Je me souviens nettement de ma première impression quand je le vis ; je pensai : « Que lui est-il arrivé ? »

Si je n'avais été avec un client, sans doute aurais-je exprimé à voix haute le choc que je ressentis. Ce fut très net et fugitif et, si l'on me demandait de l'expliquer, j'en serais incapable. C'était peut-être son regard qui avait changé ; mais ce pouvait aussi être sa voix, ou sa façon d'ouvrir la porte. Frédéric avait pour chaque chose une façon bien à lui de faire : énergique, enthousiaste. Quelque chose en lui semblait brisé.

Ce fut Arlette qui me fit remarquer quelques jours plus tard qu'il « n'était plus là ». Ce fut son terme exact : « Frédéric n'est plus là. »

Nous avions pris l'habitude, Arlette et moi, de quitter ensemble Publica chaque soir et, de plus en plus souvent, avant de la déposer chez elle, rue Saint-André-des-Arts, je l'emmenais un moment dans un café de l'île Saint-Louis dont nous aimions le nom : Le Monde des Chimères.

J'étais certain à présent de l'aimer. Sans illusion en ce qui la concernait. Elle n'éprouvait pour moi que de la sympathie, tout au plus un début d'amitié. Mais je savais avec certitude que j'étais le premier à qui elle se confiât, et je m'efforçais de progresser dans son cœur et ses pensées, essayant par tous les moyens de me rendre indispensable tout en m'interdisant de la prendre dans mes bras avant de m'être fait aimer d'elle.

Cela pourra paraître stupide. On n'agit plus de cette façon avec les jeunes filles, paraît-il. Qu'on les aime ou non, on commence par s'emparer d'elles. J'avais été moi-même ainsi.

Ce que je puis dire, c'est que jamais je n'ai été aussi heureux qu'en ce début d'été lourd d'orage, où, le soir, nous regardions, sur le quai Conti, une longue rangée de pêcheurs en prière au-dessus de la Seine.

— Quelqu'un s'est servi de mon ordinateur hier soir, me dit Arlette ce jour-là.

Je souris de son air indigné.

— « Ton » ordinateur ?

— J'avais lancé un transfert de photos. Ce matin, l'ordinateur m'a indiqué qu'il était annulé.

— Veux-tu dire que quelqu'un l'a utilisé en ton absence ?

— J'en suis sûre.

— Et tu as des soupçons ?

Arlette ne répondit pas tout de suite. Elle regardait devant elle d'un air grave.

— Frédéric, murmura-t-elle.

Un rire incrédule m'échappa.

— Frédéric ? Pourquoi veux-tu qu'il se serve de ton ordinateur ?

— Je n'en sais rien.

C'est alors qu'elle ajouta : « Depuis son retour de Francfort, il n'est plus le même. On dirait qu'il n'est plus là. »

Ces paroles me troublèrent. Elles faisaient écho à ma propre inquiétude. Comme j'interrogeais Frédéric sur Deflers, il m'avait avoué qu'il ne l'avait pas vu. Je ne comprenais pas. Dans ce cas, qu'était-il allé faire à Francfort ?

Ce n'était pas tout ! Frédéric, habituellement si précis, si efficace dans le travail, se montrait en ce qui concernait le choix de notre « sujet » totalement inconséquent. Je lui avais proposé plusieurs filles qui me semblaient convenir. Sous des prétextes fallacieux, il les avait toutes refusées. Il voulait, disait-il, une fille d'aspect fragile, pas trop jolie, touchante et… irréelle.

Irréelle ? mais pourquoi ? Comment un être « irréel » parviendrait-il à toucher plusieurs millions de téléspectateurs ? Le raisonnement de Frédéric, tout à fait fumeux, m'avait laissé pantois.

— Tu comprends, m'avait-il expliqué, elle va mettre sa vie à plat devant l'ordinateur. Elle sera en quelque sorte, nue. Il faut que le téléspectateur sente que, sans l'enveloppe que les siens, la société, son milieu lui ont faite, elle n'existe pas.

Nous y revenions ! J'avais assez fait remarquer à Frédéric combien la vision de l'homme qu'avaient nos scientifiques me heurtait.

Nous finîmes par nous mettre d'accord sur une annonce qui passerait chaque jour jusqu'à ce que nous ayons trouvé : « Maison de publicité cherche jeune femme d'aspect fragile, pour tournage, débutantes acceptées. »

Je ne pouvais me défendre de l'étrange impression que, pour une raison ignorée de moi, Frédéric, tout en désirant sincèrement réaliser *Prévoir*, répugnait à en découvrir l'interprète.

Le premier juillet, au milieu de la nuit, la sonnerie du téléphone me réveilla en sursaut. C'était Catherine.

— Frédéric est-il avec vous ? demanda-t-elle sans préambule.

— Non, répondis-je. (Et j'ajoutai avec reproche :) Il est deux heures ! Je dormais…

— Excusez-moi, dit Catherine d'une voix fébrile. Mais je suis inquiète. Il est sorti après le dîner en disant qu'il allait chercher un dossier au bureau. Il n'est pas revenu. Je viens d'appeler Publica ; ça ne répond pas.

L'idée d'une aventure me traversa. Je la rejetai. Frédéric aimait sa femme.

— Que désirez-vous de moi ? demandai-je.

— Mais je ne sais pas, dit Catherine. J'espérais tellement qu'il serait avec vous !

Sa voix avait fléchi et j'eus l'impression qu'elle était au bord des larmes.

— Voulez-vous que j'aille voir au bureau ? proposai-je sans entrain.

— Allons-y ensemble ! dit-elle. Je vous en prie.

J'habitais de l'autre côté du pont Mirabeau, pas loin de chez elle. Nous convînmes que je serais devant sa porte d'ici une quinzaine de minutes.

Je m'habillai rapidement. J'étais à présent tout à fait éveillé et, comme souvent dans une atmosphère de drame, partagé entre inquiétude et excitation.

Tandis que je roulais vers Boulogne, je pensais à Catherine. Je n'avais jamais eu pour elle de sympathie particulière. Mélange de femme et d'enfant, enfant gâtée, revendiquant en tout le meilleur, femme insaisissable et coquette, attirée par l'aventure, l'inhabituel ; elle me faisait l'effet d'un vin trop fort, d'un parfum trop violent. Si je pouvais parfaitement comprendre le sentiment extrêmement vif que lui portait mon ami, je n'aurais, pour ma part, jamais pu vivre avec elle. J'ajouterai que Catherine refusait la maternité de crainte de déformer un corps parfait.

Elle m'attendait en bas de son immeuble, une fourrure légère jetée sur ses épaules. Elle n'était pas maquillée et ses cheveux, ordinairement rassemblés en chignon, tombaient autour de son visage. Elle n'en parut que plus belle. Son air angoissé me la rendit plus proche.

Elle monta dans la voiture.

— Merci, dit-elle avec chaleur.

Je démarrai aussitôt. Les rues étaient désertes, nous roulions très vite, une sorte de griserie s'empara de moi.

— Ne vous faites pas trop de souci, dis-je. Si Frédéric avait eu un accident, nous en aurions été avertis.

— Je ne crains pas un accident, répondit-elle.

Son ton me surprit : que craignait-elle alors ? Elle tourna vers moi ses yeux cernés.

— Vous n'avez donc rien remarqué ?

J'hésitai :

— Il m'a semblé… préoccupé.

— Il lui est arrivé quelque chose, affirma Catherine.

— Que voulez-vous dire ?

— Depuis son voyage à Francfort, il est comme… rongé. (Elle ajouta à voix basse :) J'ai tout fait pour l'empêcher d'aller là-bas.

Sur le moment, je ne prêtai pas attention à cette phrase. Je devais, plus tard, souvent la retourner dans ma tête. Catherine avait-elle vraiment « tout fait » pour empêcher Frédéric de revoir *88* ?

— Hier, il est rentré tard, poursuivit-elle. Il m'a dit qu'il était avec vous.

De nouveau, je pensai à une aventure. Elle eut un pauvre sourire.

— Ne vous faites pas de souci. Frédéric ment très mal. Je ne l'ai pas cru une seconde. Vous a-t-il montré les cartes postales qu'il a rapportées de Venise ?

— Celles du Tintoret ?

— Oui ! Les fameuses zones d'ombre, dit-elle. (Elle eut un rire :) Vous ne me croirez peut-être pas, mais j'ai trouvé à plusieurs reprises Frédéric penché sur elles… dans un état second, dirais-je. Lorsqu'il me voyait, il sursautait comme un gamin pris en faute. C'est insensé ! ajouta-t-elle avec révolte.

— Et bien peu Frédéric !

La vision qu'elle me donnait de mon ami m'était profondément désagréable. Il me semblait qu'elle exagérait à plaisir. Et que venait faire le Tintoret là-dedans ? Je fus soulagé d'arriver.

La grille était ouverte. Sur le gravier de la cour, s'arrondissait une tache de lumière venant du bureau de Frédéric. Catherine la regarda et frissonna.

— Préférez-vous m'attendre dans la voiture ? demandai-je.

Elle fit non de la tête. Ma gorge aussi était serrée.

— Sans doute travaille-t-il, tout simplement.

Nous traversâmes la cour comme des voleurs, nous appliquant à ne pas faire crisser le gravier. Catherine s'appuyait à mon bras. Je la sentais trembler. Il était presque trois heures. Mon sentiment d'exaltation était passé et j'aurais tout donné pour être au lit, chez moi.

Nous montâmes silencieusement. J'hésitai devant le bureau de Frédéric.

Ce fut Catherine qui, sans frapper, ouvrit la porte…

16

Frédéric sursauta. Un instant, il ne sut plus où il était. Mais si ! Dans son bureau, à Publica !

Catherine et Gabriel, figés près de la porte, fixaient, incrédules, l'ordinateur devant lui.

— Qu'est-ce que ça veut dire ? murmura Catherine.

Elle s'approcha de l'écran, désigna les quelques traits qu'il avait tracés sur l'image.

— Pourquoi as-tu dessiné ton visage ?

Une seconde, il fut tenté de mentir, parler de plaisanterie, d'un jeu. À quoi bon ? Tôt ou tard…

Il s'efforça de contrôler sa voix ;

— Je ne l'ai pas dessiné. Ce que tu vois est un agrandissement d'un fondu enchaîné extrait du film d'Helmut Steiner.

Les yeux de sa femme se dilatèrent.

— Le film de Steiner ? Mais comment l'as-tu eu ?

— Je le lui ai emprunté.

Elle garda le silence durant quelques secondes, comme trop éprouvée pour parler.

— Et… ça ? finit-elle par articuler.

Il alluma un projecteur et dirigea la lumière vers l'agrandissement.

— Je n'ai fait que raccorder quelques traits pour obtenir ce visage. Le mien !

Il aurait fallu qu'ils le voient avant qu'il l'ait recomposé. Alors, ils auraient été bien obligés de le croire.

Parce qu'ils ne le croyaient pas ! Frédéric pouvait lire clairement dans leur esprit. Catherine raccrochait des maillons : le vase, Renaudet, Francfort, Steiner, ce visage… Gagman, qui ne connaissait rien de tout cela, s'efforçait de trouver des raisons à son attitude : son regard cherchait une bouteille d'alcool. Mais il n'y avait pas de bouteille d'alcool ! Il s'arrêtait maintenant au cendrier.

— Je comprends ce que vous éprouvez, dit Frédéric d'une voix posée. Moi-même, au début, j'ai eu du mal à y croire. Je vous demande seulement de me faire confiance quand je vous affirme n'avoir pas inventé ce visage.

— Ce n'est pas le tien, protesta Gagman.

— C'est celui d'un homme malade, vieux, renchérit Catherine. (Elle montra la balafre :) Blessé !

Il avait prévu sa révolte. Il savait combien cette vision serait insupportable à une femme attachée à la beauté, la solidité ; et c'était pour elle qu'il avait résisté jusque-là et, après avoir caché le film au fond d'un tiroir, tenté de l'oublier. Mais comment oublier ? Son visage était dans le film !

Gagman s'ébroua. Avec un rire forcé, il vint se planter devant le bureau où se trouvait Frédéric.

— Eh bien, passe-nous *88*, dit-il. Maintenant !

C'était une péniche-bistro sur la Seine, près du pont de Neuilly. Il faisait beau, les tables, pour la plupart vides, étaient disposées sur le pont. Au milieu de l'eau, sur un carré de bois flottant, un homme en bleu de travail, coiffé d'une casquette de coureur cycliste, pêchait. L'eau charriait des flocons blancs, mousseux, comme du pus.

Gabriel se pencha vers Frédéric.

— Te rappelles-tu ces « devinettes » avec lesquelles on s'amusait autrefois ? On voyait, par exemple, sur une image, des enfants en train de voler des pommes. Une légende disait : « Cherchez le garde-champêtre » ; et, à force de tourner et retourner le papier, on trouvait son visage dans un buisson, les plis d'une jupe, un nuage…

— Le dessinateur l'avait mis à l'avance dans la « devinette », dit Frédéric.

— Oui ! Mais alors que, pendant plusieurs minutes on n'avait rien deviné, une fois le bonhomme découvert, on ne pouvait plus l'ignorer. J'ai eu cette impression hier soir en voyant *88*. Si tu n'avais recomposé ce visage, je ne l'aurais jamais soupçonné : mais à partir du moment où tu l'as eu tracé, il m'a été impossible d'en faire abstraction.

— Catherine m'a tenu exactement le même raisonnement, dit Frédéric.

Il détourna les yeux. Le pêcheur semblait statufié sur son ponton. L'eau coulait tout autour de lui, comme hier, comme demain. Il lui paraissait aussi difficile d'arrêter ce flot que de convaincre Gabriel.

— Parle-moi de Steiner, demanda celui-ci.

Frédéric revit le metteur en scène dans son appartement sans vie. Cette soirée, ce voyage lui paraissaient maintenant irréels, un cauchemar.

— Il est difficile à décrire. À la fois il est très présent, et c'est comme s'il n'était pas vraiment là. Tu as sans cesse l'impression qu'il va t'échapper. Tu es retenu par une sorte de charme. Après le dîner, je suis rentré à l'hôtel et je me suis endormi comme une masse… pour me réveiller deux heures plus tard avec le sentiment d'avoir été « refait » : comme à Venise.

— Refait de quelle façon ?

— Je ne sais pas : trompé, abusé.

— Et tu es retourné au Bavaria ?

— Le lendemain matin, avant d'aller prendre l'avion. J'ai demandé à voir les planches du film.

— Et alors ?

Le visage de Gabriel était anxieux.

— On n'a fait aucune difficulté pour me les montrer ! C'est étrange, j'ai toujours eu l'impression d'être… attendu lorsqu'il s'agissait de *88* ! Je pourrais demander n'importe quoi, on me l'accorderait. Mon visage n'était dans aucun fichier. C'est vraiment une certaine lumière qui l'a fait surgir. Je n'ai pu résister. J'ai copié le film sur ma clé USB. Je l'ai volé.

Le serveur en maillot rayé posa devant eux deux assiettes de sardines fraîches. À présent, toutes les tables étaient occupées. Ils n'avaient pas vu les gens arriver.

— Admettons que ton visage se trouve réellement dans le fondu, dit Gabriel, comment l'expliques-tu ?

— Si Steiner ne l'y a pas mis, ni l'un de ses assistants, je ne l'explique pas.

Frédéric posa la main sur le bras de son ami. Le convaincre. Au moins lui !

— Tu sais bien, Gagman, que je suis le dernier à croire aux prémonitions, à la boule de cristal, au destin, tout ça… M'as-tu assez souvent traité de « sale matérialiste » !

— C'est vrai ! Mais tu n'as jamais manqué d'imagination et tout le cirque que Catherine a fait autour de ce vase, sans compter ce que tu m'as dit de Steiner, peut t'avoir plus impressionné que tu ne le crois. Tu peux t'être persuadé qu'il y avait dans ce film quelque chose d'anormal te concernant…

Il montra la nappe en papier.

— Et regarde ! Tu griffonnes partout… les nappes, les murs, les dossiers. Il ne te restait qu'à crayonner sur un film qui t'intriguait.

Frédéric lâcha le crayon avec lequel, machinalement, il entourait, sur la nappe, les mouvantes pastilles de soleil.

— Alors, pour toi je déraille, c'est ça ?

— Exactement, répondit Gabriel en riant. À partir d'une forme vague, tu as dessiné ton visage, avec une belle balafre en prime.

Frédéric toucha sa joue.

— Pour la balafre, dit-il, tu as raison : ce serait la seule chose qui, en effet, pourrait me rassurer.

Gabriel se pencha vers lui, mettant dans son regard tout ce qu'il pouvait d'amitié, de confiance, de chaleur.

— Oublie, supplia-t-il. Efface ce film, détruis-le. Nous avons besoin de toi, tous : Catherine, moi, *Prévoir*.

[illegible] ? Mais [illegible] jamais [illegible]
[illegible], durant que [illegible] tranquilles [illegible] de
[illegible] que [illegible] dans
[illegible] que [illegible]
[illegible] qu'il y avait dans [illegible]
[illegible]

Il [illegible]
[illegible]
[illegible] qui [illegible]
[illegible]

[illegible]
[illegible] de [illegible] de
[illegible]
[illegible]

« [illegible]
[illegible]
[illegible] de [illegible] de
[illegible]
[illegible]
[illegible]

Avant de [illegible]
[illegible]
[illegible]
[illegible]
[illegible]
[illegible]
[illegible]

Il s'installa [illegible]
[illegible] les [illegible]
point sur [illegible]

Dans un [illegible]
[illegible]

17

Répondant à l'annonce parue le matin même, une dizaine de jeunes femmes attendaient dans le hall de Publica lorsqu'ils rentrèrent. Frédéric insista pour les recevoir seul.

Certaines étaient fragiles ainsi qu'il l'avait souhaité, mais cette fragilité, trop mise en évidence, paraissait fabriquée. Quand il leur parlait de logiciel, elles se mettaient à ricaner ou poussaient des exclamations horrifiées comme s'il leur proposait un viol. Aucune ne lui plut. Toutes sonnaient faux. Elles ne se prendraient pas au jeu. On verrait demain.

Absent de Paris depuis plusieurs jours, le producteur débarqua à six heures sans crier gare. Petit, courtaud, noiraud, Straglio avait tout du bandit sicilien. Il s'habillait avec mauvais goût, outrant volontairement son personnage. Dur en affaires, il montrait vis-à-vis de Frédéric quelque faiblesse. Sans doute celui-ci était-il tel que Straglio aurait rêvé être : beau, distingué, talentueux.

Il s'installa dans le bureau du metteur en scène et l'écouta développer les trois parties du scénario mis au point par Gagman.

Dans un premier temps, ils présenteraient le personnage, celui-ci répondant lui-même, oralement, au questionnaire élaboré par les trois « petits bon Dieu ». Ses réponses seraient ponctuées de flashes montrant lieux et personnages susceptibles d'avoir influé sur sa personnalité.

Le second temps serait consacré à l'analyse, par des spécialistes, de l'écriture et du rêve du « sujet ». Un médecin tracerait son bilan physique. Il resterait à glisser la fiche remplie dans le logiciel.

Les réponses obtenues seraient expliquées et commentées dans la troisième partie du film. Durant tout celuici, le personnage serait présent.

— Présentez-le-moi, demanda Straglio.

Il fut stupéfait lorsque Frédéric lui apprit ne l'avoir pas encore trouvé ; cela faisait maintenant plus d'un mois qu'il était rentré de Venise.

— Je ne veux pas me presser, expliqua Frédéric. Tout le succès du film repose sur le choix que nous ferons.

Comme il raccompagnait le producteur jusqu'à sa voiture, il lui posa d'une voix crispée une question qui, venant de sa part, stupéfia Straglio.

— Personnellement, que pensez-vous de *Prévoir* ? Je veux dire, de ce que cette expérience propose.

— Rien, répondit Straglio. Je n'ai jamais eu le temps de me demander si c'était à cause de ma mère, ma courte taille ou ma petite sœur que j'étais devenu producteur de films, ni si j'aurais mieux fait de choisir autre chose. Je m'en fous. Je réussis ce que j'entreprends : cela me suffit.

Le chauffeur lui ouvrait la portière. Le petit homme s'engouffra dans la voiture.

— Si, en vendant un savon, vous vous interrogez sur l'utilité de se laver, votre savon ne se vendra pas.

— C'est exactement ce que je me disais, répondit Frédéric.

Les touristes prenaient possession de Paris. On les voyait, attablés aux terrasses des cafés, glissant en péniche le long de la Seine, nez levé vers les monuments ou posant pour la photo qui les immortaliserait.

Des tréteaux étaient déjà disposés le long du trajet qu'emprunterait le défilé du quatorze juillet. Le temps se maintenait au beau.

En rentrant chez lui, ce soir-là, Frédéric entendit un bruit de voix. Sur la terrasse, prenant l'apéritif avec Catherine, il y avait Richard, un vieil ami.

Celui-ci se leva, le visage radieux, en voyant s'approcher Frédéric.

— Salut, Fred. Une éternité !

— Deux printemps, constata Frédéric. Quelle bonne idée d'être passé nous voir.

— Marielle est partie en vacances avec les enfants ; il en a profité, expliqua vivement Catherine.

Tandis qu'elle lui préparait un whisky, Frédéric s'assit près de son ami. Richard n'avait pas changé : même barbe poivre et sel dans un visage de saint-bernard, même regard paisible qui devait, d'emblée, rassurer les malades. Richard était neuropsychiatre.

Frédéric regarda sa femme, éblouissante dans son chemisier largement décolleté, les gestes un peu moins coulants que d'habitude. Gênée ? Quand avait-elle appelé Richard au secours ? Après avoir vu *88* ? Et que lui avait-elle dit ? « Frédéric devient fou. » Non ! On ne parlait plus ainsi. On disait « malade mental ». Lui, il préférait « fou ». Tout le monde l'est à ses heures.

Il se détourna. C'était à elle qu'il en voulait. Il aurait préféré qu'elle lui demandât carrément d'aller voir leur ami. Pourquoi le mettre ainsi au pied du mur ? Obliger Richard à venir jouer cette comédie ? Grotesque !

— Nous parlions de ton nouveau projet, dit le médecin. Inutile de te dire que j'éprouve la plus grande méfiance vis-à-vis de ce logiciel.

— Richard craint que les gens, sous prétexte d'être programmés, n'en profitent pour démissionner un peu plus, dit Catherine en riant.

— C'est pourtant bien Richard et ses pareils qui nous ont appris qu'il y avait programme, je dirai même en quelque sorte « manipulation », dit Frédéric sur le même ton. Avec « Prévoir », nous nous contenterons d'éclairer le programme et, à partir de lui, d'orienter.

— Tout programme réserve des surprises, dit Richard, et orienter une vie me paraît une grande responsabilité.

— Nos spécialistes en sont conscients. « Prévoir » ne fera qu'offrir à un moment précis de leur vie une sorte de guide à ceux qui le désirent.

— Pas moi ! dit Richard. Ne me mets pas sur la liste.

Ils rirent. Frédéric aimait discuter avec son ami, mais, ce soir, il avait l'impression que chacune de ses paroles était pesée par celui-ci, et il jouait un personnage : celui d'avant Venise.

Le visage de la petite journaliste lui apparut. « Qu'est-ce que tu veux ? » demandait-elle. « Tenir ma vie ! »

— J'ai faim, déclara Catherine. Qu'est-ce que vous en pensez ?

Ils dînèrent sur la terrasse. Un soleil orangé tombait lentement derrière la haie d'arbres enflammés. On ne voyait pas les voitures, mais on entendait leur grondement. Cela ne cessait jamais.

Ils parlèrent travail, vacances et aussi du manque de confiance en l'avenir qui était, selon Richard, signe de décadence.

Lorsque la conversation faiblissait, Frédéric la relançait. Finalement, il s'amusait : il les tenait en respect à coups de mots.

Fraises, glaces, crème, le repas était fini, la nuit tout à fait tombée. À demi étendu sur une chaise longue, Richard regardait au loin. Que Catherine avait-elle espéré ? Qu'en voyant le médecin, Frédéric lui exposerait son problème ? Son cœur se serra. Il avait fallu si peu de temps pour que le dialogue se rompît entre eux.

Ce fut elle qui se décida.

— J'ai parlé de *88* à Richard.

Frédéric regarda sa montre.

— Il t'aura fallu une heure et quarante-cinq minutes pour y venir.

Il sentit son sursaut. Il avait parlé avec haine.

— Catherine m'a fait part de tes craintes, dit Richard. Elle pense que je pourrais t'aider.

Ses « craintes » ? Soudain, à l'idée d'avoir, une fois de plus, à expliquer ce qui tenait en si peu de mots, une extrême fatigue envahissait Frédéric. Il se leva.

— Je vous remercie tous les deux de votre sollicitude, dit-il avec calme, mais je n'ai besoin d'aucune aide. J'ai tiré un trait sur mes craintes.

— Comment cela ? souffla Catherine.

Elle cherchait le regard de Richard, semblant en attendre secours.

— J'ai brûlé la bobine du film ! Je n'aurais jamais cru que *88* pût dégager tant de fumée.

18

Il trouva leur interprète le huit juillet. Il était monté au second étage chercher un dossier. En passant devant le bureau d'Arlette, il la vit par la porte entr'ouverte. Penchée sur son écran, sa lourde natte brune dégageant son visage sans fard que la lumière semblait éclairer de l'intérieur. Fragile, transparente, irréelle, Arlette était celle qu'il cherchait.

Lorsque, plusieurs années auparavant, il avait visité cet hôtel particulier, il avait su aussitôt que ce serait là qu'il installerait Publica. Quand Gagman, petit rouquin fiévreux, était entré dans son bureau, il lui avait souri comme à une vieille connaissance et, lorsqu'on lui avait parlé du projet Deflers, il avait éprouvé cette même sensation : comme un arrêt en lui, un bref silence, une certitude : il le réaliserait.

Il venait de ressentir la même chose en voyant Arlette : elle était entrée à Publica pour être l'héroïne de *Prévoir*.

Elle ne l'avait pas entendu. Elle examinait attentivement une photo, y effectuant des retouches avec une application enfantine.

« Gabriel », pensa-t-il. Il fallait qu'il la voie ainsi.

Il descendit quatre à quatre l'escalier et pénétra en trombe dans le bureau de son ami.

Gabriel regardait les photos que lui présentait une jeune fille debout près de son bureau.

— Mademoiselle, dit Frédéric à celle-ci d'une voix haletante, nous vous remercions mais notre sujet est trouvé.

Stupéfait, Gagman se leva. La jeune fille remit les photos dans sa longue serviette et sortit dignement.

— Viens, dit Frédéric à son ami, vite…

Il le précéda dans l'escalier. Arlette avait imprimé la photo. Elle était maintenant debout et observait l'image obtenue. La lumière l'entourait, l'auréolait. Sans un mot, Frédéric la désigna.

— Et alors ? souffla Gagman.

— Mais tu ne comprends pas ? C'est elle ! dit Frédéric en l'entraînant plus loin. Elle était sous nos yeux et on ne le voyait pas !

— Cela n'a rien d'évident pour moi, grommela Gagman.

Frédéric mit son bras autour des épaules de son ami :

— Allons dans mon bureau.

Ils descendirent l'escalier en silence. Il aurait dû agir avec plus de tact. Il se souvenait soudain de sa découverte, l'autre jour : « Gagman est amoureux. »

Ils rentrèrent dans son bureau. Le visage fermé, Gabriel attendait.

— Qu'est-ce qui te tourmente ? demanda Frédéric.

— Arlette n'est pas faite pour tourner. Elle est trop timide ; la caméra lui fera une peur bleue.

— Tant mieux ! Elle n'en émouvra que davantage le téléspectateur et reconnaît que, physiquement, elle représente exactement ce que nous cherchions ; avec même cette petite touche d'irréalité dont je t'avais parlé.

— Je la trouve des plus réelles, protesta Gabriel. Ce qui peut te faire penser le contraire, c'est sa jeunesse, son manque d'assurance. De toute façon, je serais étonné qu'elle accepte.

— Tu m'as dit qu'elle était fauchée... Voilà une bonne occasion pour elle de gagner une somme rondelette sans avoir à travailler davantage ; et nous, nous l'aurons sous la main quand nous voudrons.

— Arlette se fout du fric ! La seule chose qui l'intéresse, c'est la photo.

— Je ne lui demande pas d'y renoncer ; ni de devenir actrice professionnelle. Surtout pas ! Je ne lui demande qu'un prêt : son visage pendant quelques semaines. Son visage tel que nous l'avons vu tout à l'heure.

Il s'approcha de son ami. Gabriel se détendait un peu ; il était souvent ainsi : à apprivoiser.

— Je ne te l'abîmerai pas ! Tu pourras surveiller toutes les opérations.

— Ce n'est pas la question.

— Et tu vas écrire pour elle, ajouta Frédéric.

Écrire pour celle qu'on aime... Gabriel passa pensivement sa main sur son menton. « C'est gagné », pensa Frédéric.

— Au lieu de se monter la tête, on pourrait peut-être demander d'abord son avis à l'intéressée, dit Gagman d'une voix bourrue.

Elle a dit « oui » tout de suite. « Si cela peut rendre service... » Elle a simplement fait remarquer qu'elle n'était pas photogénique.

Comme elle se connaît mal ! Son fin et sensible visage remplit la photo. Arlette envahit le papier tant elle est « elle ». Avec cette interrogation à fleur de peau : « Pourquoi ? » Elle semble toujours demander : « Pourquoi ? » Il faudra, pour *Prévoir*, lui apprendre à demander : « Qui suis-je ? »

Les premières images montreront la jeune fille seule dans une pièce nue : quatre murs blancs sans porte ni fenêtre où se reflétera son ombre. Seule en face d'elle-même. Une voix off, peut-être sa propre voix, posera les questions auxquelles elle devra répondre. Gabriel aimerait que cette voix résonne comme une voix intérieure ; celle qu'on entend au fond de soi-même : sourde, têtue.

19

Mercredi. On va tourner un premier essai. L'éclairage est réglé ; le même que celui du bureau d'Arlette le jour où Frédéric a découvert que ce serait elle. La lumière très douce, orangée, semble à la fois auréoler la jeune fille et sourdre d'elle-même.

Assise sur un haut tabouret, ses pieds chaussés d'espadrilles touchant à peine le sol, elle attend docilement. Elle porte son jean habituel dont l'ourlet, largement retroussé, rappelle qu'elle est petite. La longue natte brune dégage son visage, l'offre.

Le cameraman est prêt. Frédéric lui a expliqué ce qu'il voulait : visage d'abord flou, esquissé, pour se préciser au fur et à mesure des réponses.

Frédéric s'accroupit devant Arlette, lui prend les mains :

— Écoute, dit-il. Tu es une jeune fille au bord de ta vie... Tu hésites entre plusieurs chemins... Comment savoir ? Tu te connais à peine. Qui es-tu ? Que veux-tu ? Peux-tu vraiment répondre à cela ?

Les yeux sombres, attentifs, d'Arlette plongent dans ceux de Frédéric. Elle secoue la tête. Non ! Elle ne peut y répondre.

— Et voici que quelqu'un te dit : « Nous pouvons t'aider à choisir ce chemin. Nous pouvons transformer ta vie, l'axer sur le meilleur… »

— Le meilleur ? demande Arlette.

— Le meilleur ! Mais cela ne peut se faire sans ton aide. Tu dois donner à cette intelligence qui va t'aider le maximum d'indications sur toi. Pour répondre à ce questionnaire, tu dois partir à la rencontre de toi-même.

Une ombre est passée sur le visage de la jeune fille.

— Des indications comment ?

— N'aies pas peur, dit Frédéric en souriant. Ton texte sera tout fait. Aujourd'hui, c'est juste un essai. Tu vas répondre à des questions très simples, pour voir comment tu passes. Ton nom, ton âge, ton lieu de naissance, tes parents…

Elle incline la tête. Il lâche ses mains, qu'elle laisse comme il les a tenues, un peu retournées, ouvertes.

Il recule, fait signe au cameraman.

Image. On tourne.

— Gabriel, vas-y !

— Nom, prénom, demande Gabriel d'une voix sourde.

— Je m'appelle Arlette Boissot.

— Âge ?

— J'ai vingt ans et demi.

Frédéric fait signe d'arrêter.

— Recommençons ! Arlette, ne regarde pas Gabriel. Ce n'est pas à lui que tu réponds. C'est à toi-même.

— Je m'appelle Arlette Boissot… J'ai vingt ans et demi…

Le regard de Gagman croise celui de Frédéric. Comme elle a dit cela ! D'une voix pure, sourde, qui tremblait légèrement.

— Où es-tu née ? interroge Gabriel.

— Orly, dit Arlette. À l'hôpital. Rue de la Grange.

Frédéric n'entend plus. Il se souvient. Sur ce même plateau, il y a quelques mois, tournant *Le Propre de l'homme*, des gens hurlaient de rire. Derrière ces rires, finalement, n'était-ce pas encore les mêmes questions ? « Qui suis-je ? », « Où vais-je ? » Toujours les mêmes questions. Le propre de l'homme.

Jeudi, vendredi. Alors que, pendant l'essai, Arlette parlait juste, elle devient exécrable lorsqu'elle lit le texte que Gabriel a préparé pour elle. « Je m'appelle Marianne Lefèvre, j'ai vingt ans… » Ça ne va pas ! C'est faux, récité.

— Je t'avais averti, dit Gabriel. Elle ne sait pas jouer la comédie. Ça a marché tant qu'il s'est agi d'elle. Il va falloir prendre quelqu'un d'autre…

— À moins que… murmure Frédéric.

— À moins que ? demande Gabriel avec défi.

— Qu'il ne s'agisse « vraiment » d'Arlette. Qu'elle ne réponde « réellement » aux questions.

Gabriel secoue la tête. Il ne veut pas comprendre. Vraiment ? Réellement ? Frédéric s'explique. Ce sera à Arlette Boissot que le questionnaire s'adressera. On ne fera de texte que pour les questions auxquelles elle préférera s'abstenir de répondre. Ils tiennent là une Française moyenne à laquelle tout le pays va s'identifier. Elle a sûrement connu les petites joies, les petites détresses de chacun. Il y a une Arlette dans chaque foyer français. Une face d'Arlette en chacun de nous : têtue, décidée à « en sortir », mais sans savoir bien comment, trop occupée par sa lutte pour se poser les questions importantes.

— Les questions importantes, proteste Gabriel, mais elle les vit ! Elle a grandi dans la gêne, la médiocrité, c'est vrai. Pour en sortir, elle a trouvé le chemin toute seule : la beauté.

L'air buté, il marche de long en large.

— J'ai peur que ça lui fasse du mal. Déjà, je trouve qu'elle a changé. Elle devient nerveuse.

— Pas nerveuse, rectifie Frédéric. Concernée par *Prévoir*. En face de l'ordinateur, Arlette se demande réellement qui elle est ! C'est pour cela qu'elle passe si bien ! Un vrai miracle… À condition que l'on s'adresse à Arlette Boissot. Pas à une autre.

— Et dans huit jours, ce sera son écriture que tu voudras analyser ? Et pourquoi pas son rêve ? Et, pendant qu'on y est, faisons-lui passer le check-up, mettons réellement sa fiche dans la machine.

— Rassure-toi, dit Frédéric en riant. La seconde partie du film sera celle d'hommes liés par le secret professionnel. Eux-mêmes s'y refuseraient.

Cette remarque, visiblement, rassérène un peu Gabriel. Mais il ne se rend pas encore. Il demande à réfléchir.

Quinze… seize juillet. Straglio a été averti que le sujet était trouvé. Frédéric n'est pas rentré dans le détail ; il tient à ce qu'Arlette soit payée comme une professionnelle. La jeune fille perdant beaucoup de temps en trajets, il insiste pour qu'elle s'achète une petite voiture d'occasion ; il lui avancera la somme. Une voiture ? Elle n'en veut pas. Frédéric insiste : « Si elle ne sait pas conduire, Publica lui offrira les leçons… »

Et ici se produit quelque chose d'étrange ! Arlette la douce, la transparente, a une inexplicable attitude de révolte. Si ! Elle sait conduire ! N'importe quoi. À douze ans, pour épater les copains, son père lui confiait son dix tonnes…

C'est déjà passé. Elle a retrouvé son calme. Elle sourit. Un sourire hésitant, blessé. Elle préfère continuer à venir en métro.

Frédéric n'insiste pas.

Catherine ? Elle vient encore, parfois, chercher Frédéric le soir ; mais il arrive de plus en plus souvent à celui-ci de travailler tard.

Malgré les efforts qu'elle fait, il la sent anxieuse, angoissée. Depuis le dîner avec Richard, le silence s'épaissit entre eux.

Elle lui parle beaucoup de *Prévoir*, feint de se passionner, se passionne peut-être réellement.

Prévoir… Il faut s'y enfoncer. Oublier le reste. Ils vont faire un très beau film. Les gens croiront que pour chacun s'ouvre, quelque part, un chemin idéal qu'un programme informatique les aidera à découvrir, qu'il éclairera pour eux.

Comme si une lumière intense projetée sur un tableau du Tintoret pouvait en effacer les ombres, les respirations souterraines, les cris inarticulés et ne laisser que clarté, sourires et paix.

[illegible]

[illegible]

[illegible]

[illegible]

Le [illegible] dîner [illegible]

[illegible]

Le dîner [illegible]

[illegible]

— Qu'[illegible]
rogea [illegible]

— Ce qu'[illegible]

20

Le jeudi dix-huit juillet, Catherine invita quelques amis à dîner. Il y avait là les Morin, un couple sympathique et sans histoire, Richard et un certain Lemaître qui travaillait depuis peu au journal de Catherine et qu'elle désirait faire connaître à Frédéric. Au dernier moment, ce dernier avait ramené Gabriel avec lui.

Lemaître était un long jeune homme à l'air rêveur, absent, au regard voilé. On était obligé, pour l'entendre, de prêter l'oreille. C'était ce côté « insaisissable » qui avait dû fasciner Catherine... Quelqu'un à apprivoiser.

Le dîner, pris sur la terrasse, fut très gai. Gagman était à son meilleur : un Gagman rayonnant, possédé, accompagné.

Vers dix heures, la nuit devenant fraîche, ils retournèrent au salon. Tandis que Catherine, aidée par Frédéric, servait le café, tout le monde se rassembla autour de Lemaître. Celui-ci parlait d'un article sur l'extrasensoriel qui avait fait beaucoup de bruit dans les milieux intellectuels.

— Qu'est-ce exactement que l'extrasensoriel ? interrogea Morin.

— Ce qui s'adresse à autre chose qu'à nos cinq sens.

Frédéric surprit le regard rapide que Catherine jetait dans sa direction. Il remplit sa propre tasse et rejoignit le groupe.

— Un mot très à la mode, disait Richard, comme « parapsychologie ».

— Une mode qui, selon moi, pourrait bien être l'avenir de nos enfants, répliqua Lemaître.

Richard eut un haussement d'épaules agacé.

— De tout temps, les magiciens, les sorciers, les spirites se sont recommandés de l'extrasensoriel ; ils l'appelaient autrement, voilà tout.

— Mais à présent, insista Lemaître, les scientifiques rejoignent les sorciers.

— Quelques scientifiques. Et non sans restrictions.

— N'est-il pas toujours bouleversant de remettre en cause ce que nous appelons la « raison » ? demanda Lemaître.

— La « raison » ? répéta Frédéric.

— Celle d'une société donnée. Celle où, pour notre sécurité, notre bien-être, il est conseillé de rester et qui nie l'existence gênante de domaines que nous ne contrôlons pas.

— Des exemples ! demanda Solange Morin.

— Vous avez tous entendu parler, dit Lemaître, de ces personnes qui influent, par leur propre volonté, sur la course de dés lancés par une machine ?

— Voulez-vous dire qu'ils ne touchent pas ces dés ? interrogea Gabriel.

— Absolument ! Ils ne les touchent pas. Et ce qui est remarquable, c'est que si par malheur ils se mettent à « raisonner », ils perdent leur pouvoir.

Solange Morin lâcha un petit rire excité.

— On a trouvé mieux, reprit Lemaître. Il est tout à fait admis que les animaux devinent certaines choses autrement que par les moyens sensoriels connus et qu'ils parviennent, par ces mêmes moyens inconnus, à influer sur elles si ces choses les menacent.

— Si ces choses les menacent... répéta Frédéric.

Catherine posa la main sur son bras. Il se dégagea. L'air de prière de sa femme, cet air inquiet, lui était insupportable.

— Les prémonitions entrent-elles dans le domaine de l'extrasensoriel ? demanda-t-il d'un ton calme.

Lemaître eut un bref sourire.

— Ce mot « prémonition » recouvre tant de choses vagues. La vie nous offre une série de paris que nous tentons instinctivement de résoudre à l'avance. Nous y parvenons pour certains ; mais combien d'échecs ne remarquons-nous pas ? Et qu'est-ce qui, dans ce cas, peut vraiment s'appeler « prémonitoire » ?

Morin leva la main.

— J'ai lu quelque part que le cerveau de l'homme, utilisé complètement, serait capable d'embrasser en même temps le passé, le présent et l'avenir. Que l'homme pourrait puiser, dans une partie inutilisée de son cerveau, des intuitions de son futur. Qu'il aurait comme une « mémoire d'avenir ».

Les mots cognèrent en Frédéric : « mémoire d'avenir ». Une sensation de froid l'envahit, accompagnée d'une moiteur. Comme il sortait son mouchoir pour s'éponger le front, il rencontra le regard de Richard, attentif. « Ce dîner a été arrangé exprès », pensa-t-il soudain. Il se secoua. Mais non ! C'était absurde. Et comment cette conversation aurait-elle pu être prévue ?

Il se tourna vers Lemaître. Il sentait sur lui les regards de Gabriel, de Catherine, mais à nouveau il pouvait sourire.

— Admettons, dit-il, qu'une prémonition, ou une intuition, se matérialise…

— Nous venons de reconnaître qu'on ne pouvait jamais bien distinguer ce qui était véritablement prémonitoire, dit Lemaître.

— Je n'ai pas dit « se réalise », j'ai dit « se matérialise ».

— De quelle façon ?

— Au lieu qu'une image plus ou moins fulgurante traverse votre cerveau, vous annonçant l'avenir, imaginez que vous voyiez réellement cette image.

Solange Morin eut un rire.

— Dans une boule de cristal ?

— Soyons modernes, dit Frédéric légèrement. Dans le plan d'un film, par exemple.

— Quel genre d'image ? interrogea Lemaître.

— Un visage par exemple : le vôtre. Non pas tel que vous le voyez aujourd'hui dans la glace, mais votre visage futur, comme disait Morin. Une sorte de… « mémoire d'avenir ».

— Tu n'oublies qu'une chose, intervint Richard. Ce visage dont tu parles, tu le vois bel et bien par tes yeux, ce ne peut donc plus être de l'extrasensoriel.

— Mais si les autres ne le voient pas ?

— On peut alors penser que c'est là le fruit de ton imagination, dit Richard doucement.

— Pourquoi n'as-tu pas dit de ta… folie ? cria brusquement Frédéric.

Il y eut un silence étonné. Il se leva. Il ne supportait pas ce ton calme, impersonnel, que prenait ce soir son ami pour s'adresser à lui : un ton de médecin.

Il sortit sur la terrasse. Tous complices ! Pour rester dans la raison, « leur » raison. Incapables de comprendre.

Il prit son visage dans ses mains. Il n'en pouvait plus. Si au moins il s'était senti tant soit peu malade ! Mais non. Rien n'avait changé. Ni en lui, ni autour de lui. Il y avait juste, en plus, ce visage dans le film !

Gagman le rejoignit. Il s'accouda à ses côtés et, un moment, ils regardèrent en silence les lumières des voitures qui disparaissaient sous le tunnel.

— Qu'est-ce qu'ils font ? demanda enfin Frédéric.

— Ils viennent d'avoir la prémonition que tu allais leur servir un petit alcool de poire, dit Gagman.

Après ? Après tout alla très vite et, s'il avait dû tourner cette scène, il l'aurait fait au ralenti.

Suivi par Gabriel qui va reprendre place sur le canapé, il rentre dans le salon.

Catherine le suit des yeux tandis qu'il se dirige vers le meuble bas où sont rangés les alcools.

Il en sort deux bouteilles : une longue, l'alcool de poire ; une ventrue, le marc de champagne. Et, comme de coutume, il referme le battant du placard avec son pied. Catherine a, en vain, essayé de lui faire passer cette habitude. Mais ce meuble était dans sa chambre de jeune homme et déjà il faisait ainsi.

Et, comme d'habitude, au moment où la porte se ferme, l'étagère de verre, au-dessus du meuble, frémit. On évite d'y mettre des objets depuis que l'un d'eux a été brisé.

Mais ce soir, sur cette étagère, il y a un objet et cet objet tombe.

Les mains prises par les bouteilles, il ne peut le retenir. Il se rend compte qu'il s'agit du vase grec en le voyant éclater sur le sol.

Au moment où il éclate, Catherine pousse un cri strident et se précipite. Il reste pétrifié. Toujours hurlant, elle piétine les morceaux du vase, les pulvérise, les réduit en poussière.

Les autres sont tournés vers eux, interloqués. Frédéric a posé les bouteilles ; il parvient à saisir l'un des bras de sa femme. Elle se débat. Il lit de la haine dans son regard et, comme il cherche à prendre son autre bras, elle lance sa main en avant et il ressent une brûlure à la joue.

Il la gifle. Elle cesse de crier. Mais c'est pire ! Car il y a maintenant, dans son regard, une peur si intense qu'il la lâche.

Elle recule, les yeux fixés sur le visage de son mari. Il ne comprend pas. Pas encore.

Richard la reçoit dans ses bras.

Tout cela n'a pas dû prendre plus de deux minutes. Tout cela, le restant de sa vie, il en a l'intuition brutale, passera au ralenti devant ses yeux.

Décor : un appartement moderne, jeune, « choisi », comme dirait Catherine.

Près du meuble de son enfance, le vase : en miettes.

Richard à genoux près du canapé où Catherine pleure, les yeux fermés.

Lemaître immobile, le regard sur lui.

Solange Morin s'approche.

— Vous saignez, dit-elle en lui tendant son mouchoir.

Il le prend machinalement et va devant la glace pour tamponner sa joue qui lui cuit un peu.

Avant-dernière image, Frédéric croise, dans le miroir, le regard de Gabriel : bouleversé, suppliant.

Dernière image : la joue de Frédéric. La balafre tracée par les ongles de Catherine : la balafre de *88*.

21

Je baissai la capote de ma vieille Peugeot et fonçai vers Paris. Ce vent sur mon visage, ces odeurs, ces lumières, c'était la vie : je m'en gorgeai.

Lorsque j'avais vu la profonde égratignure que les ongles de Catherine avaient creusée dans la joue de Frédéric, mon premier réflexe avait été la stupeur, puis une colère folle contre cette femme gâtée, égoïste, qui, par son attitude hystérique, enfonçait comme à plaisir son mari dans ses fantasmes au lieu de l'en éloigner.

Quelques jours avant ce dîner, elle était venue me voir pour me faire part de ses inquiétudes. Elle sentait, disait-elle, que Frédéric, bien qu'il s'évertuât à le cacher, continuait à se torturer avec le film de Steiner… Elle craignait que quelque chose entre eux ne fût entamé… Elle ne pourrait le supporter. Elle, elle, elle. Elle ne parlait que d'elle, ne gémissait que sur elle. Je lui avais conseillé de réprimer son angoisse, de s'efforcer d'être sereine, patiente, seule façon d'aider son mari.

Sereine, patiente, comme elle y avait bien réussi ce soir !

Je m'arrêtai pour prendre un alcool à la terrasse d'un café où nous allions souvent, Arlette et moi, et d'où je pouvais voir sa maison et, tout en haut, sous le toit, la lucarne de sa petite chambre. Mon amour dormait. J'aurais voulu pouvoir lui parler de ce qui s'était passé, la façon dont, ce soir, m'apparaissait *88*, comme un puits d'ombre au-dessus duquel Frédéric se penchait, se penchait… au risque de perdre l'équilibre.

Et je ne pouvais rien pour lui ! Parce qu'à cette histoire insensée, tragique, je ne comprenais rien. Si elle était arrivée à tout autre qu'à lui, j'aurais trouvé des raisons : nervosité, fatigue, penchant au morbide, que sais-je ? Mais Frédéric était parti à Venise en conquérant ! Tout lui souriant, et, je l'ai dit, il était la vie même, l'enthousiasme, l'élan. Frédéric hanté par le destin ? Cette seule idée me donnait envie de rire.

Alors, que s'était-il passé à Venise ? Par quoi, par qui, avait-il été atteint ? Helmut Steiner ? Envoûté par cet homme ? Entraîné par lui à recréer son visage ? Allons donc !

Je rentrai chez moi à minuit. Frédéric m'appela à une heure.

— Viens, souffla-t-il, vite !

Sa voix était méconnaissable. Il parlait comme si quelqu'un, derrière lui, avait appuyé une arme sur sa nuque. Il ajouta : « Je suis au bureau. »

Ma voiture était garée juste devant ma porte. Je fus à Publica en moins de quinze minutes.

Son bureau était vide. Je montai quatre à quatre les marches qui me menaient à la lumière, là-haut, dans la salle de production.

Frédéric était assis devant l'écran. Il se leva en me voyant. Dans son visage blême, la balafre creusait un trait violet ourlé de sang séché. Je m'efforçai de l'ignorer. Son col était taché et il avait retiré sa cravate.

— Assieds-toi là.

— Je pris place à côté de lui. Bien que Catherine m'eût assuré que Frédéric avait détruit le film, je ne fus pas étonné de voir *88* sur l'écran.

Il mit ses mains sur mes épaules.

— Maintenant, regarde bien ! Prends tout ton temps. Regarde bien et dis-moi ce que tu vois.

Je me penchai. L'image était arrêtée sur un vêtement : une cape ample aux couleurs mêlées. On ne voyait pas le visage de celui qui la portait, mais son poing difforme, noueux, serré sur une canne, annonçait l'un de ces êtres torturés que Goya, disait-on, tirait du silence où sa surdité l'avait plongé.

— Alors ? demanda Frédéric.

Sa voix était si tendue qu'elle m'effraya. Qu'attendait-il de moi ? Que devais-je trouver dans les plis de ce manteau ?

— Je vois… une cape, bien sûr !

— Et puis ?

Je me penchai davantage.

— Celui qui la porte semble être difforme…

— Ce n'est pas ça, dit Frédéric, regarde… regarde encore…

Son ton de profond désespoir me fit mal. Je souhaitai à ce moment, de toutes mes forces, trouver quelque chose dans cette image pour le soulager. Je cherchai fébrilement dans le vêtement, fouillai chaque pli, gris, bruns, tachés parfois de grenat, avec des pans plus clairs. J'aurais voulu pouvoir retourner l'image en tous sens comme on faisait avec les fameuses devinettes. J'avais beau la scruter, je n'y trouvais rien de caché.

Le doigt de Frédéric vint se poser dans un pli du manteau.

— Là !

Son doigt suivit une courbe. Cela aurait dû être celle d'une joue, d'un profil.

— Une joue ?

Il eut un cri pathétique.

— C'est ça ! Tu l'as vue ! Une joue.

Il la souligna ; je dirais, « avec tendresse ». Je tendis le doigt.

— Et là, le nez peut-être ?

— Le nez, oui !

Il le dessina.

— La joue, le nez : un profil… dit-il d'une voix frémissante. Les plis de cette cape renfermaient un profil. Tu l'as vu toi aussi !

Mon doigt se posa sur un trait, au-dessus du nez, trait surmonté d'une ombre. C'était extrêmement flou et je cédai à l'instinct, ou plutôt à l'enthousiasme, car le soulagement de Frédéric se communiquait à moi et j'étais soudain comme ivre : la joie de pouvoir l'aider enfin.

— La paupière…

Il eut une respiration rauque. Sa souris repassa sur le trait que je venais de désigner, esquissa une paupière, l'ombra.

— On ne voit que l'œil droit et il est fermé, expliqua-t-il. Voilà pourquoi ce visage était si difficile à trouver.

Maintenant, à toute vitesse, comme pour m'empêcher de me reprendre, il complétait le portrait, puisant dans les plis de la cape ce qui lui était nécessaire, le blanc pour ce front, pour la joue, ces traces grenat, et l'ombre pour cette paupière, pour les cheveux, une vilaine couleur jaune. Il était évident que, sans qu'il ait besoin de rien rajouter, tous les éléments du visage étaient là ; mais il y avait tant de plis, de nuances mêlées ; et le visage que sa souris sortait de la cape, un visage féminin, était un visage sans vie auquel des couleurs trop vives donnaient un aspect clownesque. Sans vie… Et cependant ce visage me gênait ; j'avais envie de m'en détourner.

— Ou bien elle dort, dit Frédéric, ou bien elle est malade.

— Elle n'est pas réelle, hasardai-je.

— Peut-être. Irréelle, mais là ! Bien là !

Une tache ronde soulignait sa lèvre inférieure. Il la fonça pour en faire un grain de beauté.

— Sais-tu comment je l'ai trouvée ?

Je secouai la tête. Il me regardait comme un complice, ne cessant de me toucher l'épaule, la manche.

— Le motif musical.

— Quel motif ?

Il eut un sourire entendu. Il lança à nouveau le film. Juste avant l'endroit où il avait découvert son visage, il m'avertit.

— Écoute ! Là !

Au moment où, dans le fondu enchaîné, les traits de Frédéric apparaissaient – et à présent je n'aurais plus pu les ignorer – trois notes de guitare, très faibles, résonnèrent.

— C'est ce qui m'avait alerté pour l'autre visage ! Tu vas comprendre.

Il remit le film en marche. Il y eut la colline de voitures entassées, trouée par les yeux vides des phares, hérissée de tôles broyées ; cette colline de voitures devint colline de visages aux bouches ouvertes, aux regards fixés sur l'épouvante. La caméra se rapprocha et cadra un vieillard. Je reconnus la cape. L'objectif quitta le visage pour venir sur celle-ci et y demeura quelques secondes en gros plan. Ce fut alors qu'à nouveau les trois mêmes notes de guitare s'égrenèrent.

— Tu as entendu ? dit Frédéric. Tout le mouvement de la caméra semble fait pour mener à la découverte de ce second visage ; on s'en approche petit à petit, puis on le cadre et les notes éclatent.

— Mais ce visage n'existe pas vraiment, protestai-je. Il n'y a qu'à voir les couleurs !

— Les couleurs paraissent fausses, en effet, approuva Frédéric, mais la forme est bonne. Elle est vraie !

Il agrippa mon épaule et me regarda intensément. Il avait l'expression d'un fou.

— Et tu ne vas pas nier maintenant que tu l'as vu ! Avant même que je le dessine. Tu es témoin qu'il était là.

Il cherchait mon regard. Comment aurais-je pu me dédire ? C'eût été trop cruel.

D'ailleurs, c'était vrai ! J'avais vu la courbe de la joue, l'allongement du nez, le trait de la paupière. Deviné plutôt que vu. Mais enfin, c'était là, mieux qu'un visage dans un nuage, mieux que ces formes humaines que prennent parfois une pierre, ou une roche. J'inclinai la tête.

— Je l'ai vu.

— Viens, dit-il.

Il éteignit tout et m'entraîna dans son bureau. Il était presque trois heures. Le soulagement qui, tout à l'heure, m'avait submergé, avait disparu. Je ne savais plus que penser.

Frédéric sortit une bouteille de son armoire et remplit deux verres. Je vidai le mien d'un trait. Du bourbon.

— Et maintenant ? demanda-t-il avidement.

— Maintenant quoi ?

— Comment expliques-tu la présence de ces visages dans *88* ? Le mien. Celui-là.

— Mais je ne les explique pas !

Ses yeux quittèrent les miens et fixèrent quelque chose, au-delà des murs, au-delà de nous. J'eus le même mot que lui sur les lèvres mais, comme lui, n'osais le prononcer, et m'y décidant je me sentis ridicule.

— Le destin ?

Ses yeux revinrent sur moi.

— Pourtant, tu sais bien que je n'ai jamais cru à ces choses, dit-il. Encore maintenant je crois que c'est l'homme qui forge son destin et que seuls les lâches, ou… les fous, se complaisent à penser qu'il est écrit à l'avance. Mais bon Dieu, quelle autre explication donner à la présence de ces visages dans *88* ?

— Tu veux dire que ce serait ton avenir que tu lirais dans *88* ?

— Je ne lis rien. Je vois ! J'ai vu !

— Tu ne connais pas cette femme.

— Et si je ne la connaissais… pas encore ? murmura-t-il.

Mon cœur se serra. Je me levai, vins à lui. Il me fallait trouver une explication à ces visages, n'importe laquelle pour le sortir de cette idée de destin.

— Tu me dirais d'écrire un scénario sur cette histoire, j'y trouverais vingt explications.

— Alors, vas-y ! Une seule me suffira.

— Pas maintenant. Je suis trop fatigué. Il faut que je réfléchisse. Demain si tu veux.

Il se leva immédiatement.

— C'est d'accord, dit-il. Demain. Chez toi.

22

Je devais sauver mon ami ! En reconnaissant avoir vu comme lui ce nouveau visage, j'avais cru le soulager, je ne risquais que de l'enfoncer un peu plus. Pour moi, bien sûr, ni le destin ni personne ne l'avait placé dans le film. Pas plus que son visage à lui. La conversation de ce soir, le bris du vase, la balafre bien sûr, authentifiant ce dernier, avaient servi de prétexte à Frédéric pour faire surgir un nouveau fantôme. Il me fallait l'exorciser.

Toute la nuit je cherchai la solution, une explication à peu près plausible à la présence de ces visages dans *88*, en écartant résolument, bien sûr, toute histoire de destin, d'intuition, de prémonition, tout ce dont Lemaître et Richard avaient si stupidement parlé hier devant lui.

Enfin, après ce qui me sembla représenter des heures de recherches, je trouvai une hypothèse, farfelue, certes, mais qui aiderait peut-être l'esprit de Frédéric à partir dans une autre direction.

Un film mobilise un certain nombre de personnes. Aucune de celles qui avaient travaillé à *88* ne devait ignorer que leur principal adversaire serait Frédéric Moure, deux fois vainqueur à Venise. L'une d'elles pouvait avoir eu le mauvais goût de penser à lui faire cette sinistre blague : placer ces visages, en devinette, dans le film. Cela me paraissait assez germanique comme idée. Sur le moment, cela me plut !

La sonnette résonna à huit heures trente. Je venais de m'endormir, me semblait-il. Je me tirai péniblement du lit. M'apercevant dans une glace, je me trouvai sale et défait.

Frédéric n'avait pas meilleur aspect.

— J'ai dormi dans le salon, dit-il. Ou plutôt, je n'ai « pas dormi » dans le salon…

Je l'entraînai dans la cuisine et, tout en préparant le café, lui racontai mon histoire. Elle ne l'accrocha pas une seconde ; j'étais trop abruti pour y mettre assez de conviction et, avec le matin, la lumière du soleil, moi-même je n'y croyais plus.

— Une blague ? Ça ne tient pas debout, dit-il. C'est Helmut Steiner qui a préparé tous les fichiers de son film. Je les ai vus : il n'y avait rien.

Nous bûmes une ou deux tasses de café en silence. Je me sentais désespérément vide. Je ne pouvais m'empêcher de regarder la balafre. J'en voulais terriblement à Catherine. C'est alors que l'idée me vint.

— Est-il possible que Catherine ait connu Steiner à Francfort lorsque vous y êtes allés l'an dernier ?

— Cela se pourrait. Nous sommes beaucoup sortis dans le milieu publicitaire.

— Elle était libre de ses journées ?

Frédéric me regarda d'un air intrigué et inclina la tête.

— Bien sûr. J'avais à travailler. Nous nous retrouvions le soir.

— Alors imagine (j'eus un rire pour montrer que ce n'était de ma part que pure supposition) qu'Helmut et Catherine aient… sympathisé et qu'ils aient formé le complot de te rendre fou avec cette histoire.

Il haussa les épaules.

— C'est du cinéma, mon pauvre Gagman.

— Peut-être ! Mais une chose est certaine. Si quelqu'un avait voulu démolir l'inébranlable Frédéric Moure, c'est comme ça qu'il s'y serait pris.

— Continue ta petite histoire, dit-il.

Alors, je me pris au jeu. Qu'on m'entende bien. Je voulus, sans croire à rien de ce que j'avançais, le persuader qu'il pouvait exister une autre solution que le destin à ces visages. Je présentai à Frédéric une hypothèse et cherchai à l'étayer au maximum.

Et ce qui se passa me paraît encore aujourd'hui insensé. Je tirai sur un fil et tout l'écheveau se dévida sans heurts, miraculeusement. Je n'avais pas besoin de chercher des arguments en faveur de mon histoire, ils s'offraient d'eux-mêmes, s'ordonnant si parfaitement que je me laissai prendre à ma propre invention.

— N'est-ce pas Catherine qui, au téléphone, à Venise, t'a mis la puce à l'oreille en te demandant de te renseigner sur ce vase ?

— Si !

— Sinon, tu pensais à une simple coïncidence et ne cherchais pas plus avant ?

— Catherine m'a appelé pour me demander de vérifier si le vase de *88* avait le même défaut que le nôtre.

— Excuse-moi, mais cela me paraît stupide de sa part !

— C'est ce que je lui ai dit.

— Alors, comment cette idée stupide lui est-elle venue à l'esprit ? Catherine est-elle superstitieuse ?

— Pas du tout. Pas plus que moi.

Mon cœur se serra : « Pas plus que moi… »

— Bien ! dis-je. Répondant à la demande de Catherine, tu revois donc le film et constates que le vase est cassé là où le vôtre a une fêlure. Cette fois encore, tu décides de ne pas t'appesantir. Et, le soir de ton retour, Catherine remet ça ! Elle te colle sous le nez le vase reconstitué pour te prouver que c'est bien le même.

Frédéric, qui allait et venait dans la pièce, reprit place sur la chaise en face de moi. Le sentant ferré, je fonçai.

— Elle te traîne chez l'expert.

— Pour me rassurer !

— Après avoir éveillé tes angoisses ?

— Elle ne pensait pas que je prendrais cette histoire de vase tellement à cœur.

— N'importe qui l'aurait prise à cœur… Si je devais écrire un scénario policier sur ce genre d'histoire, mon héroïne commencerait par éveiller ton angoisse, tout en t'assurant, bien entendu, qu'elle ne croit à rien de tout cela. Elle s'arrangerait pour que tu sois le premier à prononcer le mot « destin ».

Frédéric ne répondit pas. Le sourcil froncé, de toutes ses forces, il réfléchissait. Je me penchai vers lui.

— Et c'est maintenant, maintenant que tu es ferré, qu'elle commencerait à y croire… à faire semblant… à se rendre à tes raisons. Parce que *maintenant*, elle peut y aller. Elle peut t'enfoncer…

La cuiller de Frédéric tinta sur la table. Il porta la tasse de café à ses lèvres.

— Elle t'a envoyé à Francfort !

Il secoua la tête.

— C'est moi qui ai décidé ce voyage.

— L'aurais-tu décidé si elle n'avait pas fait tout ce foin avec le vase avant ?

Il secoua négativement la tête. Je sentais son effort. Il était en train de s'arracher à sa propre vision de l'histoire pour entrer dans la mienne. Il était encore à cheval sur les deux. Mais j'avais déjà partiellement réussi à le sortir de son cauchemar et j'en ressentais un soulagement indicible.

— À Francfort, Steiner te prend en main, poursuivis-je avec chaleur. Il a déjà subtilement préparé le terrain pendant le festival par le mystère dont il s'entoure. Ce type qui saute de son avion pour voir *Le Propre de l'homme*, réapparaît le temps de te dire d'aller voir son film et s'évanouit en fumée avant que tu aies pu demander une explication ; à la réflexion, c'est à peine croyable… Ça, oui, c'est du cinéma !

— Cela m'a étonné, reconnut Frédéric. Je lui en ai voulu. J'ai eu l'impression d'une malhonnêteté, ou d'une comédie… Tu as raison.

— Tu vois ?

Je triomphais. Au lieu de sentir venir le danger, de réfléchir aux conséquences de cette fable, je me laissai emballer. Comme un imbécile.

— Ce n'est pas un hasard non plus si c'est dans le bureau de Steiner que tu as découvert ton visage !

— En ouvrant la porte, il a modifié l'éclairage… murmura Frédéric.

— Et ce dîner où tu as eu l'impression d'être trompé, abusé. C'est bien toi qui as employé le mot « abusé ».

— Je me suis réveillé la nuit, dit Frédéric fébrilement, et j'ai eu la certitude d'avoir été joué. Mais je ne pouvais m'expliquer pourquoi.

— Pourquoi ? Te ravir Catherine.

Il eut un sursaut.

— Si Steiner avait rencontré Catherine et qu'ils se soient plu, Catherine aurait joué cartes sur table.

Je secouai la tête.

— Pas évident ! Crois-tu que Catherine renoncerait à tout ce que tu lui as apporté ? Bien plus que le confort : un luxe dont elle avoue, elle-même, ne pas pouvoir se passer. Qui était-elle avant toi ? Si elle suit Steiner, crois-moi, elle renonce à bien des choses…

Une telle expression passa sur le visage de Frédéric que je me rendis compte que j'étais allé trop loin. Il me sembla me réveiller. Je tentai de faire marche arrière.

— Tout cela n'est qu'une supposition, bien sûr ! Une hypothèse. Il n'est pas question que les choses se soient passées réellement ainsi. Catherine t'aime, bien sûr. Je voulais seulement te montrer que d'autres versions que la tienne sont possibles. Dans la même veine, on pourrait également dire que Catherine n'est pas au courant des agissements de Steiner, qu'il l'a envoûtée. Tu m'as toi-même décrit cet homme comme un être mystérieux, exerçant un charme.

— Je ne crois pas aux envoûtements, dit Frédéric sèchement.

— Cherchons d'autres possibilités alors, dis-je rapidement. S'il y en a une, il en existe forcément plusieurs autres…

Il leva la main.

— Attends… dit-il d'une voix sourde. Je viens de penser à autre chose encore. Le vase ! Et si Catherine l'avait placé là pour que je le casse ? Elle m'a cent fois reproché de faire trembler cette étagère en refermant le meuble du pied.

Il se pencha sur moi. Il était saisi d'une sorte de fébrilité.

— Elle évitait toujours d'y poser des objets et hier, c'est elle qui m'a envoyé chercher les alcools. Elle savait ! s'écria-t-il soudain. Elle savait qu'il allait se casser !

— Dans l'hypothèse que je t'ai soumise, oui ! dis-je.

— Mais pourquoi l'a-t-elle piétiné ?

Le malaise intense que j'avais ressenti hier en voyant Catherine se jeter comme une furie sur les morceaux de vase me revint. Ce malaise n'échappa pas à Frédéric.

— Tu as une idée, Gabriel, dis-la…

— Toujours dans notre hypothèse, dis-je malgré moi, Catherine piétinerait les morceaux avant que tu n'aies pu les compter.

— De façon à ce que je puisse penser que le vase s'était cassé en sept morceaux comme celui de *88*, dit mon ami lentement.

— Pourquoi pas ?

Frédéric se tut un moment, le front dans la main, réfléchissant intensément.

— Et s'il s'était réellement cassé en sept morceaux ? reprit-il d'une voix altérée. Si c'était pour cela que Catherine l'avait piétiné : avant que je ne m'en rende compte : pour me rendre service finalement.

— Non ! criai-je.

J'y avais songé, moi aussi ! Mais à aucun prix je ne devais le lui laisser voir. Penser que son vase s'était brisé comme celui de *88*, c'était ajouter un élément de plus à la version « destin ».

— Il était en mille morceaux quand Catherine s'est précipitée.

— Tu es sûr ?

Je mentis :

— Absolument certain.

Il me crut et je sentis son soulagement. Il avala quelques gorgées de café.

— Alors, reprenons ta petite histoire, dit-il.

Je me rendis compte à ce moment-là de mon erreur. Ma « petite histoire » était, elle aussi, mortelle. Et il s'y prenait. De tout son être. Parce que croire à une machination de l'Allemand, c'était reposer pied sur terre, passer de l'ombre à une certaine lumière. Mais il n'avait pas encore pleinement compris que, si Steiner était coupable, Catherine était forcément sa complice.

Il le réalisa à ce moment. Son doigt descendit lentement le long de la balafre et je lus avec effroi sa pensée : « Catherine l'a creusée exprès… »

Il me regardait, attendant que j'acquiesce. Je serrai les lèvres. Pas cela ! Mon histoire avait jusque-là reposé sur des mots, des nuances, qui pouvaient être interprétées de diverses façons. La balafre, c'était autre chose. Si Catherine l'avait tracée exprès dans la joue gauche de son mari, à l'endroit précis où elle était sur le visage entrevu dans *88*, on sortait de l'hypothèse ; on avait là une preuve absolue de sa culpabilité.

Je me levai et commençai à m'affairer auprès de l'évier. Je ne pouvais plus supporter le regard de Frédéric.

— Alors, la balafre aussi, murmura-t-il.

Il se leva à son tour et s'approcha de moi, cherchant mon regard.

— Et le second visage, comment s'explique-t-il dans ton scénario ?

J'éclatai.

— Dans mon scénario, le film pourrait en contenir bien d'autres, et d'autres images ayant trait à ta vie puisque ces visages ont été placés là pour t'angoisser.

Il secoua la tête.

— Pourtant, ils doivent avoir un lien : les trois notes de guitare le prouvent. Mais quel lien ?

Je ne répondis pas. J'étais fatigué, vidé. Je n'avais plus envie de parler. Me retrouver seul. Réfléchir – moyen de voir clair. Moi aussi, j'avais créé quelque chose. Tout comme Frédéric, hier, prenait des traits dans le plan de *88* pour former le visage de la jeune fille, j'avais pris des faits de sa vie et il en était sorti cette effroyable machination.

Je ne l'avais tiré de son puits que pour le jeter dans un autre.

Je ne me le pardonnerai jamais.

[illegible]

— [illegible] que [illegible]

[illegible]

Il [illegible]

[illegible]

Et [illegible]

[illegible]

Il [illegible]

— [illegible] vous [illegible]

— [illegible]

23

Le téléphone sonna sur la table de Frédéric.

— Monsieur Érignac et le docteur Perrin viennent d'arriver, fit la voix de Mme Germaine.

— Faites-les monter.

Il raccrocha et regarda sa montre. Deux heures trente.

Érignac ouvrit la porte et s'effaça pour laisser passer Perrin. Généraliste, ami des scientifiques, il serait chargé, durant la seconde partie du film, de présenter au public le check-up du personnage.

Ils parlèrent un moment de celui-ci avec Gabriel, que Frédéric avait fait venir.

— En somme, conclut le médecin avec un sourire, vous me demandez de parler d'une jeune fille de bonne santé moyenne, sans problèmes particuliers ; ce ne sera pas un travail bien compliqué.

— Peut-être plus que vous ne le pensez, dit Frédéric. Si nous avons choisi quelqu'un de banal, c'est que nous voulons que le téléspectateur puisse s'identifier à lui. À vous de rendre cette identification possible. J'aimerais par exemple qu'en vous entendant tracer son check-up, il se pose des questions sur le sien. Tâchez de nous trouver une ou deux petites… faiblesses, communes à tous, qui lui feront se dire : « Tiens ! C'est comme moi. »

— C'est d'autant plus intéressant, et même « nécessaire », dit Perrin, que ces « petites faiblesses », si elles sont chroniques, peuvent changer une vision du monde. Le ciel n'a pas la même couleur pour un perpétuel enrhumé que pour un nez sec.

— Et le logiciel en tiendra compte, dit Érignac. Toute petite poussière l'intéresse, tout grincement dans le mécanisme, même en apparence insignifiant.

— Avant de commencer mon travail sur cette jeune personne imaginaire, dit Perrin, je souhaiterais rencontrer celle en chair et en os à qui il devra s'appliquer.

— Rien de plus simple, dit Frédéric. La jeune personne fait partie de la maison.

Quand Arlette entra, son regard courut à Frédéric et s'arrêta une seconde sur la balafre. Elle se détourna.

Elle portait son habituel jean et un chemisier fleuri. Elle avait l'air d'une étudiante parmi mille autres.

Érignac parut déçu. Il devait s'attendre à rencontrer une actrice, qu'elle fût plus jolie, sexy.

Perrin la fit parler un peu : son enfance, ses parents. Puis il la remercia et elle quitta tout de suite la pièce, l'air soulagé.

Le généraliste se tourna vers Frédéric.

— Voyez-vous, dit-il, un médecin en apprend déjà beaucoup, rien qu'à la voix, au ton de celui ou celle qui s'adresse à lui. Avez-vous remarqué que lorsque cette jeune fille parlait de ses parents, particulièrement de son père, on sentait, comme chez les enfants, une boule dans sa gorge ?

— C'est encore une enfant, dit Gabriel avec feu. Et elle n'a pas vécu des choses faciles. C'est pourquoi il faut agir avec elle avec beaucoup de précautions.

Il cherchait le regard de Frédéric. Celui-ci lui sourit.

— Nous en sommes parfaitement conscients, dit-il.

Lorsqu'il expliqua leur plan à Érignac, ce dernier lui parut étonné.

— N'aurait-il pas été préférable de prendre une personne du métier, capable d'interpréter un texte ?

Frédéric répondit sèchement que tel n'était pas son avis et le « petit bon Dieu » se garda d'insister.

Un peu plus tard, le metteur en scène raccompagna le médecin jusqu'à la grille.

De la pelouse brûlée montait une odeur chaude ; il avait de plus en plus souvent envie de s'y étendre ; là-bas, à l'ombre de ce bouquet d'acacias.

— J'ai un peu de mal à dormir ces temps-ci, dit-il à Perrin. Pourriez-vous m'ordonner un somnifère quelconque ?

Perrin monta dans sa voiture et fit signe à Frédéric de venir s'asseoir près de lui.

— Lequel utilisez-vous habituellement ?

— Je n'en avais jamais utilisé jusqu'ici.

— Voilà une sorte de record, dit le médecin. Je ne connais guère d'hommes de votre âge qui puissent en dire autant. Avez-vous du mal à vous endormir ou bien vous réveillez-vous au milieu de la nuit ?

— Je me réveille au milieu de la nuit et je n'arrive plus à fermer l'œil. Je pense à toutes sortes d'histoires sinistres.

Perrin ouvrit sa sacoche et en sortit une ordonnance.

— C'est le propre de la nuit que de faire surgir des fantômes, dit-il avec un sourire. J'espère que ce n'est pas l'un d'eux qui vous a donné ce beau coup de griffe !

Ce soir-là, Catherine ne passa pas chercher Frédéric au bureau. Il en fut soulagé. Ils ne s'étaient pas vus depuis la veille, le bris du vase.

Il arriva chez lui vers huit heures. L'apéritif était préparé. Réfugiée au fond du canapé, un verre à la main, Catherine écoutait de la musique. Il reconnut tout de suite la première symphonie de Mahler ; elle avait pour lui un parfum nostalgique d'enfance.

Le regard de Catherine effleura à peine la balafre. Le fard cachait mal les profonds cernes sous ses yeux. Elle sourit.

— Ça va ?

— Ça va !

— Tu as faim ?

— J'ai eu un déjeuner d'affaires, mentit-il. Je ne dînerai pas. Juste un scotch.

Il mit des glaçons dans un verre, se servit et s'installa dans un fauteuil avec des journaux. Sur la table basse, dans le gros cendrier, il remarqua un petit monticule de cendre et de tabac.

— Richard est passé ?

— En début d'après-midi. Je ne suis pas allée travailler aujourd'hui.

Il ne fit pas de commentaires. Qu'elle ne compte pas sur lui pour demander pourquoi elle n'était pas allée travailler, ni ce que lui avait dit Richard, ni si c'était elle qui, une nouvelle fois, lui avait demandé de venir. Elle aurait pu d'ailleurs lui éviter tout cela, vider le cendrier. Une autre l'aurait fait.

— Je voudrais que tu me pardonnes pour hier, dit-elle.

— Te pardonner quoi ?

— D'avoir invité Lemaître… J'ignorais qu'il s'intéressât à ces histoires, ces choses dont il a parlé avec Richard.

— Tu veux dire l'« extrasensoriel » ? Mais j'ai trouvé ça fort intéressant.

Il mettait tout son soin à employer un ton uni. Il contrôlait aussi ses mains, ses gestes. Il resterait maître de lui, de la situation ; il ne rentrerait pas dans son jeu. Il pensa « son jeu » et la stupéfaction l'emplit. Il était encore dans l'histoire absurde de Gagman.

Du doigt, sans quitter sa femme des yeux, il suivit la balafre sur sa joue :

— Il semble que ce soit plutôt toi que Lemaître ait... impressionné, dit-il d'un ton léger.

Catherine détourna la tête. Elle serrait les lèvres et il pouvait sentir, physiquement, l'effort qu'elle faisait pour se dominer. Comme il la connaissait ! Une brève tendresse le parcourut.

D'un geste brusque, elle lui tendit son verre vide.

— Peux-tu me resservir un gin tonic ?

Il la servit. Il était exceptionnel qu'elle prît deux boissons alcoolisées à la suite ; le faire, ce soir, était en quelque sorte l'aveu d'une défaite. Laquelle ?

— Pourquoi avais-tu placé le vase sur l'étagère ? demanda-t-il en lui redonnant le verre.

Un frisson traversa le visage de Catherine.

— Ce n'est pas moi qui l'avais placé là. C'est Jeannette, la femme de ménage.

— Et tu ne t'en étais pas aperçue ?

— J'avais trop à faire avec la préparation du dîner.

— Tu le lui as dit ce matin ?

Elle secoua négativement la tête.

— À quoi bon ? De toute façon, c'était trop tard.

— Mais alors, demanda-t-il lentement, si tu ne lui en as pas parlé, comment sais-tu que c'est elle qui a placé le vase là ?

— Parce que c'est toi ?

Il secoua négativement la tête, but quelques gorgées de whisky. Elle avait répondu du tac au tac à ses questions. Les avait-elle prévues ?

Il en restait une à poser : essentielle.

Il arrêta d'enregistrer la musique.

— Regarde-moi, ordonna-t-il.

L'air piégée, elle leva les yeux sur lui.

— Pourquoi as-tu piétiné ce vase ?

Une sorte d'effroi passa dans le regard de Catherine. Elle se détourna.

— Pourquoi ? demanda-t-il plus fort.

— Je ne voulais pas que tu aies le temps de compter les morceaux, dit-elle à voix basse.

— Tu les as comptés, toi ?

Elle attendit un moment avant de répondre.

— Je ne voulais pas les compter non plus.

— Par peur d'en trouver sept ?

Elle posa son verre si brusquement que des gouttes jaillirent sur sa main.

— Je ne sais pas, Frédéric. Je ne sais rien. Le vase est tombé ; une force m'a poussée à piétiner les morceaux, c'est tout !

Elle avait crié. Les larmes emplissaient ses yeux.

— Une force… releva-t-il. Que voilà un nouveau langage ! Commencerais-tu à croire que je n'ai pas inventé le visage de *88* ?

Il attendait un cri de dénégation, un sursaut de révolte comme elle en avait eu tant. Mais elle se taisait et, en lui, soudain, la peur se levait, le désir de fuir. Qu'avait dit Gagman exactement ? « Maintenant que tu es ferré, oui, maintenant elle commencerait à y croire… »

Il la prit aux épaules et l'obligea à lui faire face.

— Commencerais-tu à me croire ? répéta-t-il.

— Tu me fais mal, gémit-elle. Lâche-moi. Je ne sais pas… je ne sais plus.

Il la lâcha. Comme un somnambule, il sortit sur le balcon. Il s'efforçait de respirer à fond, lentement. Il n'allait quand même pas tomber dans les pommes ?

Il rouvrit les yeux. Hier, pour son salut, il avait passionnément souhaité que Catherine crût à la réalité de ce visage. Ce soir, pour son salut, il la suppliait de douter. Mais qu'elle crût ou doutât, des deux côtés, il était pris.

Il appuya son front sur le rebord de pierre de la balustrade et, pour la première fois, il pensa qu'il était peut-être en train de perdre la raison.

Plus tard, malgré tout, à cause de tout, ils firent l'amour. Mal. Elle était sous son corps, silencieuse, crispée. Alors qu'elle aimait qu'il restât longtemps en elle, prolongeant leur plaisir, il eut l'impression qu'elle simulait le sien pour en avoir plus vite fini.

Lorsqu'elle fut endormie, il se leva et alla dans le salon.

Il sortit son portable. Très vite, il eut la voix de Pierelli. Il était une heure du matin à Venise.

— Tu nous manques, dit Pierelli. À Venise et à moi.

Sa voix était merveilleusement chaude et chantante.

— Vous me manquez aussi… Je voulais te demander un service.

— Tout ce que tu veux !

— Obtiens-moi le plus de renseignements possible sur Helmut Steiner : sa vie personnelle, son passé, ses voyages. L'organisation du festival a certainement un dossier sur lui. Interroge aussi des gens qui le connaissent. Trouve-moi un maximum de choses.

— Qu'est-ce qu'il t'a fait ? demanda Pierelli en riant, à part te voler la coupe ?

— Je t'expliquerai, répondit Frédéric. Tu m'appelles ou tu m'envoies un mail dès que tu as quelque chose. C'est important.

— Et si je venais t'apporter les renseignements en personne ? J'ai à faire à Paris.

— Ce serait formidable.

Ils parlèrent un moment : de tout, de rien. Oui, Catherine allait bien ! Il travaillait à un beau film : il s'appellerait *Prévoir*.

24

Avant… Car il y avait désormais un « avant » : avant Venise, il aimait venir à Publica le samedi, parcourir les pièces silencieuses, remuer des papiers, des photos, se laisser pénétrer par le sentiment de sa force, sa liberté, le sentiment que tout lui était possible et que, tout simplement il avait bien mené sa vie.

Il traversa le hall désert, monta le grand escalier. Depuis la veille, une musique le poursuivait, celle de Mahler. Cette première symphonie n'était-elle pas comme un dessin magique en train d'apparaître ? C'était pourquoi elle réveillait en vous des parfums d'enfance.

Il poussa la porte du bureau d'Arlette.

Il le regarda d'abord de loin, sans bouger. Le silence de cette maison en congé semblait refluer vers les plis du manteau, lourds, comme tirés par un poids mystérieux : le poids du visage qu'il y avait trouvé.

Sa main monta vers la balafre. Il allait, pour la première fois, regarder en face ce qui lui arrivait. Il était décidé à l'accepter. C'était la seule voie possible : ne plus former d'hypothèses. Ce qu'il avait éprouvé hier, sur le balcon, ce sentiment de perdre la raison, était dû non à l'existence des visages dans *88*, mais à la résistance qu'il leur opposait et aux soupçons que Gabriel, avec sa stupide histoire, avait éveillés en lui. Comment avait-il pu, un instant, soupçonner Catherine de le manœuvrer ?

Il alla à son bureau. Il alluma son ordinateur et ouvrit le fichier de l'agrandissement. L'agrandissement de la cape était affiché sur l'écran.

Le visage était bien là, pas très loin de la main noueuse crispée sur le bâton. Sans doute, s'il n'avait pas, dans un premier temps, découvert son propre visage, et si le motif musical n'était pas revenu l'avertir à cet endroit précis, ce nouveau visage lui aurait sans doute échappé. Il était encore assez lucide pour s'en rendre compte.

Il prit la reproduction de la fresque de Goya, la *Romería*, et la mit en regard de l'agrandissement. L'homme à la cape se trouvait en bas de la pyramide humaine. Il grossit la cape. Tout comme après avoir trouvé son propre visage dans *88*, il l'avait recherché en vain dans cette fresque.

Et c'était en vain qu'aujourd'hui il fouillait les plis du manteau. Aucun des deux visages ne se trouvait dans cette reproduction. C'était bien du film qu'ils émanaient. Et si ce n'était pas Helmut qui les y avait mis, c'était…

Il prononça le mot à voix haute et quelque part en lui un rire s'ouvrit. Le destin !

Son destin écrit là. Vision prémonitoire. Extrasensoriel… En vrac, tout ce qui s'était dit l'autre soir se pressait dans son esprit. Raison dépassée… mémoire d'avenir… Il lui semblait être entraîné dans une chute vertigineuse et, instinctivement, ses mains agrippèrent le rebord de la table.

En bas, dans le hall, un téléphone sonna. Il rouvrit les yeux. Il comptait les sonneries, se suspendait à elles ; c'était comme une main, une voix qui le tenait au bord du cauchemar.

Quinze. La sonnerie s'arrêta. Qui pouvait appeler ici un samedi ? Allons ! Il fallait continuer. Comme il l'avait fait pour le sien, s'appliquant à ne rien rajouter, il recomposa le visage féminin sur l'agrandissement.

Alors que pour son visage à lui, il avait suffi de réunir des traits, c'était à partir des couleurs que celui-ci existait : blanc livide de la face, grenat de la joue, roux des cheveux. Il en dessina légèrement les contours. Si l'on comparait la cape de *88* à celle du mendiant de la reproduction, il était frappant de voir que ses couleurs, celles d'où émanait le visage, tranchaient dans l'ensemble de la fresque : couleurs de terre, terre de Sienne ou de Séville, terre brûlée, comme si un reflet, ou une lumière, avait frappé à cet endroit le travail de Steiner.

C'était fini ! Il repoussa la souris et observa le visage recréé sur l'écran. À sa position renversée, on devinait que celle à qui il appartenait devait être étendue ; mais la pause n'était pas plus naturelle que les couleurs, elle n'avait pas l'abandon de quelqu'un qui dort : un pantin désarticulé, un masque vide.

Il se leva et prit au fond d'un tiroir l'agrandissement de son propre visage. Cette nuit, après que Catherine l'avait blessé, il était venu comparer les balafres. Celle de l'agrandissement était plus petite, un peu plus haute aussi et moins arquée que la sienne. Il avait pensé : « plus ancienne ».

Il mit côte à côte l'agrandissement de son visage et celui de la cape et se pencha sur eux. Autant le second visage ne vivait pas, autant le sien existait et, comme chaque fois, voyant ce frère au visage défait, abandonné par le désir de vivre, il éprouva un vertige.

Il se domina. Il fallait maintenant replacer les images à l'endroit qu'elles occupaient sur le tableau de Goya. À gauche, en bas de la pyramide, la cape avec le visage féminin ; son propre visage plus haut, à droite, puisque le fondu enchaîné d'où il était issu était composé d'un arbre abattu et de ce mendiant au grand chapeau noir et au nez pointu au sommet de la pyramide.

Frédéric avait prévu ce qu'il trouverait ; aussi, lorsque sous ses yeux les choses s'accordèrent, supporta-t-il le choc. En un sens, il en fut même soulagé. Si le « comment » restait obscur, le « pourquoi » lui apparaissait enfin. Le « pourquoi » de l'expression de souffrance qui ravageait le visage de son double.

C'était bien le visage féminin que regardait celui-ci. On devinait, en suivant le regard, un être debout, penché sur la femme étendue. Comment ce masque clownesque pouvait-il être la cause de cette terrible expression d'angoisse ? Il faudrait répondre à cela. Mais de ces deux visages, l'un était si bien la réponse de l'autre qu'un soupçon de rouge trop violent de la joue venait se refléter dans l'œil de celui qui la regardait.

25

Vingt-deux juillet... Tout Publica retient son souffle. On tourne.

Les projecteurs éclairent le plateau dont Arlette occupe le centre.

Elle est assise sur un tabouret, la lourde natte de ses cheveux bruns tirant en arrière son visage à peine fardé, offrant sa transparence, sa fragilité.

Elle porte ses vêtements habituels : jean, tee-shirt. Ses mains sont croisées au creux du pantalon, ses genoux remontés, ses pieds sur le barreau du tabouret.

Aujourd'hui, elle va répondre aux premières questions. Ce sera Frédéric qui les posera. Plus tard, on enregistrera la voix d'Arlette afin qu'elle semble s'interroger elle-même.

Si ce qu'elle dit est bon, on garde.

Elle l'ignore. Mais Gabriel qui, au fond de la pièce, la regarde d'un air soucieux, le sait.

Frédéric s'approche de la jeune fille, s'accroupit devant elle. Elle baisse les yeux sur lui et ainsi, c'est vrai, son visage a un certain mystère transparent : celui d'une eau qui court.

— Tu oublies que nous sommes là ! Tu dis ce qui te vient, comme cela te vient. Même si cela te paraît stupide ou inutile. C'est souvent le meilleur. Tu pars « à la recherche de toi-même », tu t'en souviens ?

Elle incline la tête sur ses mains que le metteur en scène a enfermées dans les siennes.

— Je m'en souviens.

À reculons, sans la quitter des yeux, Frédéric rejoint le cameraman.

— Allons-y !

Son. Image. Clapet : « *Prévoir*. Première. »

— Nom, prénom ?

Arlette relève lentement la tête. Son regard passe au-dessus de la caméra.

— Arlette Boissot.

— Âge ?

— Vingt ans et demi.

— Lieu de naissance ?

— L'hôpital. À Orly.

Ici, on montrera l'hôpital. L'écriteau « Silence » qu'une main a entouré d'un avion, les bancs devant les grilles, les vieux en chaussons sur les bancs.

— Il paraît qu'il neigeait, dit Arlette soudain. L'ambulance qui transportait maman a dérapé. Ç'a été de justesse… –

… La salle d'accouchement, la table, les attelles.

— Il y avait deux autres femmes dans sa chambre. Elles avaient toutes les deux avorté et l'une d'elles est morte, un soir ; c'est maman qui a appelé l'infirmière.

« Plus tard, quand elle me racontait ça, je l'embrassais. Je me disais que j'avais eu de la chance…

Arlette s'interrompt. Elle est émue. Frédéric aussi, et Gabriel, et les autres. Ça marchera. « De la chance… »

— Chez toi, c'était comment ? interroge Frédéric.

Le regard d'Arlette revient vers lui ; il l'encourage d'un sourire.

— On habitait dans un grand ensemble, à côté de l'aéroport. Plein de maisons toutes pareilles avec rien de spécial autour, comme si on les avait oubliées là.

Vus d'avion, les longs bâtiments anonymes. Puis la caméra filera le long des murs percés de fenêtres semblables, elle montrera les couloirs ponctués de portes identiques.

— Nous, c'était un trois-pièces-cuisine au huitième étage. Dans une chambre, il y avait les parents, dans l'autre les jumeaux, avec Corine qui pleurait tout le temps parce qu'elle ne pouvait pas respirer. Moi, je dormais dans le living, sur le canapé-lit.

Arlette parle d'une voix douce, monocorde, qui ajoute à la grisaille de ce qu'elle décrit. Le visage de Gabriel est presque douloureux à voir tant il est tendu. Il a vu ! Il a été en reportage chez les Boissot. Les parents ont accepté qu'on tourne chez eux : un appartement comme cent autres. Sur le grand lit, une poupée de foire à vaste jupe de dentelle.

— Ta mère ? interroge Frédéric d'une voix imperceptible.

— Elle n'était pas souvent là ! Elle faisait le ménage dans les avions. Ça lui plaisait. Elle nous rapportait des choses qui restaient sur les plateaux. Du sel, du poivre, de la moutarde, tout ça, on n'en achetait jamais chez nous. Mais on avait tous un peu peur que l'avion s'envole avec elle.

Le regard d'Arlette a changé, sa voix aussi : plus sourde, rauque. Est-ce cette boule dans la gorge dont parlait Perrin ?

— Ton père ?

— Routier, répond Arlette.

Le mot a claqué, sec. On n'entend plus que le bruit de la caméra.

— Alors, lui aussi n'était pas souvent là ? constate Frédéric pour la relancer.

— C'est ça.

Quelque chose semble soudain l'arrêter. Le visage tendu par l'effort, elle tente de parler, mais rien ne vient. Elle se détourne.

— Ça va, dit Frédéric. On coupe !

Il monte sur le plateau.

— C'était très bien, ma chérie. Maintenant, tu te reposes un peu.

Il cherche son regard et, quand il le rencontre, il est stupéfait : les yeux d'Arlette sont pleins de larmes.

Elle murmure :

— Est-ce que je serai obligée de parler de lui ?

— Non, tonne Gabriel. Tu n'es obligée de parler de personne, ni de rien. Tu n'es même pas obligée de tourner ce film. Si tu veux arrêter, tu arrêtes.

Tout le visage du scénariste reflète l'inquiétude et, vis-à-vis de Frédéric, le reproche.

— Je ne veux pas arrêter, déclare Arlette.

La porte du studio vient de s'ouvrir.

— Bonjour ! dit Catherine.

Tailleur blanc, cheveux dénoués, admirablement belle, elle vient vers eux.

— Je brûlais d'envie de connaître l'héroïne de *Prévoir*.

Frédéric prend Arlette par la taille pour la lui présenter. Elles se serrent la main.

La jeune fille ne sourit pas. Gabriel fait la tête.

— Ce soir, je vous invite tous à dîner, déclare Frédéric. Je viens d'avoir une idée formidable.

Il les emmena à Orly où ils dînèrent dans le restaurant de luxe, face à la grande piste éclairée où ils pouvaient voir décoller les avions. Le plaisir d'Arlette, la fierté mêlée de gêne qu'elle manifestait lorsque le maître d'hôtel la servait, étaient émouvants et, pour Frédéric, neufs. Il pensait à la poupée-princesse sur le lit du grand ensemble. Il n'eut d'yeux que pour elle, ne s'adressa qu'à elle.

26

— Pourquoi me fuis-tu ? demanda Catherine.

Arrêtée au milieu du salon, elle lui faisait face. Durant tout le trajet du retour, elle n'avait desserré les lèvres.

— Je ne te fuis pas, dit-il. J'essaie de me distraire.

Il passa sur la terrasse. Il aimait, avant de se coucher, donner un peu d'eau aux arbres et aux plantes – cela l'apaisait.

Catherine le suivit.

— Tu n'as pas effacé *88* !

Il s'arrêta. Ce vertige en lui, cette fois, c'était bien la haine.

— Comment le sais-tu ?

— Gabriel me l'a dit.

— Quand cela ?

— Pendant que tu t'occupais de cette petite Boissot.

Elle avait prononcé ces derniers mots avec un mépris mêlé de défi. Il revint dans le salon. Jalouse ? Il l'espéra ! Cela voudrait dire qu'elle l'aimait encore.

— À quoi cela aurait-il servi que je détruise ce film puisque tu ne manques jamais une occasion de m'y replonger ! Puisque tu fais tout pour m'empêcher de l'oublier.

— Tu ne veux pas l'oublier. Tu t'y enfonces.

Elle alla vers le petit bar et se servit un whisky.

— Tu y as découvert autre chose, n'est-ce pas ?

Une onde glacée le parcourut. Elle lui tournait le dos. Il ne pouvait pas voir ses yeux.

— Cela aussi, Gabriel te l'a dit ?

— Non ! Je l'ai lu sur son visage.

— Et selon toi, qu'y aurais-je découvert ?

— Je ne sais pas, dit-elle. Un autre objet. Un autre visage.

Elle n'essayait plus de cacher son jeu. Elle frappait de front.

— Et tu n'as pas voulu laisser passer l'occasion de me replonger dans ce cauchemar, c'est ça ?

Le mot lui avait échappé. Il le regretta. Il annulait tous ses efforts pour ne pas donner prise à Catherine.

— En refoulant ce cauchemar, dit-elle calmement, tu ne fais que t'empoisonner.

— Nous sommes tous pleins de cauchemars refoulés, dit-il. Je pensais que tu m'aiderais à oublier… que tu saurais montrer un peu de patience.

— Je ne regarderai pas, avec patience, l'autre prendre la place de mon mari.

— L'autre ?

— Le fantôme auquel tu t'efforces de ressembler.

La main de Frédéric vint sur sa joue.

— Est-ce donc moi qui ai tracé… ceci, afin de lui ressembler davantage ?

Catherine eut un long soupir, comme un sanglot.

— Crois-tu que je ne me le sois pas reproché ? murmura-t-elle.

Il s'approcha de la glace. Oui, son visage avait déjà changé. Mais pour qu'il fût celui du film de Steiner, il y manquait encore de l'angoisse, de la souffrance.

— Richard pense que tu devrais prendre un peu de repos, dit-elle.

— Je sais, persifla-t-il. Je l'ai rencontré comme par hasard en sortant de Publica, et, comme par hasard, il avait dans sa poche l'adresse d'une clinique psychiatrique.

— Une clinique spécialisée pour personnes surmenées, rectifia Catherine.

— C'est toi qui lui as soufflé cette bonne idée ?

— Nous l'avons eue ensemble.

— Et selon vous, de quoi suis-je atteint exactement ?

Elle le regarda bien en face, parfaitement maîtresse d'elle-même, le regard froid.

— En langage moderne, le stress. Cela peut aller jusqu'à provoquer des hallucinations. Richard t'en parlera mieux que moi.

— Des hallucinations, railla-t-il. J'avais cru comprendre que tu commençais toi aussi à croire à l'existence de ces visages.

Elle secoua vigoureusement la tête.

— Je n'aurais jamais dû te dire ça. Ce n'était pas vrai.

— Et la « force » qui t'a poussée à piétiner les morceaux de vase, ce n'était pas « vrai », non plus ?

— Je n'étais pas dans mon état normal. J'avais bu. Il y avait eu cette conversation…

Son ton la trahissait. Avant, elle n'y croyait pas. Maintenant, elle ne voulait plus y croire. Toute la différence. Richard était passé par là.

Une profonde fatigue l'envahit. Il pensa au bouquet d'acacias, sur la pelouse de Publica. C'était devenu une manie, ce bouquet. Il ne cessait de se voir étendu à son ombre.

La verte prairie de *88* ?

— J'aurais eu tellement besoin que tu m'aides, murmura-t-il.

D'un mouvement spontané, imprévu, elle se tourna vers lui. Ses yeux étaient pleins de larmes. Il ouvrit les bras et elle fut là. Il retrouvait son odeur, sa chaleur.

Il appuya son visage au sien, sa joue à la sienne.

Il ne comprit pas tout de suite la raison de son sursaut, son recul. Déjà, elle se reprenait, revenait contre lui : « Oh, Frédéric, je ne voulais pas… »

Il l'arracha à lui. Ce sursaut, pourquoi ? L'horreur ? La peur ? Ou plutôt le calcul.

Il n'y avait plus de désir en lui. Il se sentait vide et glacé en face d'une étrangère.

Une étrangère dont les yeux, hypocritement, imploraient son pardon mais évitaient de regarder sa joue où la balafre, commençant à guérir, ressemblait de plus en plus à celle du film d'Helmut Steiner.

27

Vingt-trois juillet… Son. Image. Clapet : « *Prévoir.* Troisième. »

— Ce qui était difficile, dit Arlette, c'était de trouver le silence ! On entendait tout dans les pièces à côté alors je travaillais quand ils dormaient. Les avions, j'avais l'habitude. Quand ils passaient juste au-dessus de la maison, je me disais : « Cette petite lumière que les passagers regardent, c'est moi ! »

— L'école ?

— Ça pouvait aller.

On montrera le long bâtiment gris où elle a fait ses études. Au plafond du réfectoire, la résille de trapèzes et de cordes. Gabriel a interrogé les professeurs : « Élève consciencieuse. Elle semblait vouloir arriver. »

Aujourd'hui, l'élève comédienne a abandonné le pantalon. Elle porte une robe de cotonnade légère qui sent le neuf et dégage ses jambes un peu minces, pas encore tout à fait « faites ». « Arriver » où ?

— Y a-t-il quelque chose qui, à cette époque de ta vie, t'ait particulièrement marquée ? demande Frédéric.

Le regard de Gabriel, indigné, cherche le sien. Cette question avait été mise entre parenthèses : elle ouvre la porte à un domaine trop personnel.

— Ma communion, répond Arlette sans hésiter.

Elle fixe maintenant Frédéric, comme pour puiser dans son regard la force de continuer. Il esquisse vers Gabriel un geste rassurant.

— Ta communion ?

— On m'avait dit que c'était le plus beau jour ! Le jour le plus important : celui de la pureté. J'avais une robe blanche. Je me trouvais belle.

La voix est rauque. Arlette a dit : « Je me trouvais belle », mais son visage crispé reflète soudain l'indécision et l'angoisse.

— On avait loué la grande salle du café pour le déjeuner. Il y avait plein de monde. J'étais à la place d'honneur.

… la famille, les relations, un petit groupe de routiers, amis du père. Et une fillette en robe virginale sans doute trop savamment coiffée.

Arlette a fermé les yeux. Gabriel est tendu en avant, comme prêt à intervenir.

— Il a voulu trinquer avec moi… Je ne voulais pas. Il m'a obligée. Ça s'est mal terminé.

… Le rouge du vin sur la robe blanche, les plaisanteries grossières des routiers, la petite fille dont la fête est gâchée. « Il » ?

On dirait qu'Arlette appelle à l'aide. Ses lèvres tremblent. Soudain, elle cache son visage dans ses mains.

— On coupe, crie Gabriel.

En trois enjambées, il est près de la jeune fille. Il l'arrache à son tabouret, cherche à l'entraîner dehors. Mais elle résiste, se dégage, vient vers Frédéric.

— Il ne faudra pas le mettre, dit-elle. Je ne sais pas ce qui m'est arrivé. Je n'y avais plus pensé… Et puis c'est venu comme ça.

— On ne le mettra pas, la rassure Frédéric.

Fuyant le regard de Gagman, il entoure de son bras les épaules fragiles.

— Pardonne-moi. Je ne voulais pas te blesser. Je n'aurais pas dû te poser cette question.

— Tu n'en avais pas le droit, fulmine Gabriel. C'est tout simplement dégueulasse.

Alors, il se passe une chose étrange. Le visage d'Arlette s'empourpre. Elle les regarde tous les deux avec défi, comme si elle pensait qu'ils la soupçonnent de vouloir leur dissimuler quelque chose.

— Je peux tout dire, affirme-t-elle. Je n'ai rien à cacher.

28

Vers dix-neuf heures trente, Frédéric vit Arlette dans sa robe légère, un sac de toile en bandoulière, traverser la cour d'un pas décidé. Elle disparut dans la rue.

Gabriel frappa à sa porte quelques minutes plus tard.

— J'ai à te parler.

Frédéric sourit.

— Je t'attendais. J'ai réservé une table au Relais pour nous deux. Ça te va ?

Gagman resta interloqué.

— Et Catherine ?

— Elle est avertie que je ne rentrerai pas dîner.

Ils roulèrent en silence jusqu'au restaurant. Depuis le quatorze juillet, la circulation était fluide, les gens semblaient plus détendus, presque heureux ; on avait l'impression que ceux qui restaient aimaient vraiment leur ville.

À la demande de Frédéric, le maître d'hôtel les dirigea vers une table où ils seraient assis côte à côte et, sur un sourire affirmatif du metteur en scène, leur fit apporter aussitôt deux coupes de champagne. Dès qu'il se fut éloigné, Gagman attaqua.

— Il était convenu qu'on ne poserait à Arlette aucune question personnelle !

Le mot « convenu » irrita Frédéric. Il n'avait jamais rien promis.

— Je n'avais pas l'intention de le faire, mais je n'avais jamais imaginé non plus qu'elle se livrerait aussi volontiers.

— Aussi volontiers ? releva Gabriel amèrement. Elle croit que cela fait partie du boulot, tout simplement. « Élève consciencieuse… » On l'interroge, elle répond.

— Si elle répondait par « oui » ou par « non », il n'y aurait pas de film, observa Frédéric. Ce qui lui donnera sa chair, son impact sur le public, c'est ce que nous n'attendions pas : cette spontanéité formidable.

— Est-il trop tard pour chercher quelqu'un d'autre ? demanda brusquement Gabriel.

La stupéfaction emplit Frédéric.

— Mais tu es fou ? Te rends-tu compte de ce que tu me demandes ? Tout simplement de tout recommencer de zéro. Que t'arrive-t-il, Gagman ?

Gabriel leva les yeux vers son ami. Ils étaient emplis d'une angoisse intense.

— J'ai peur, répondit-il simplement. Quand Arlette répond comme elle l'a fait ce soir, il me semble qu'elle est en danger.

— En danger de quoi, grands dieux ?

Frédéric avait haussé la voix. Des gens à la table voisine le regardèrent avec réprobation. À présent, la colère se mêlait en lui à la stupeur.

— C'est comme s'il y avait en elle une blessure, expliqua Gabriel, quelque chose d'important qu'elle avait enterré et que ce questionnaire fait revenir à la surface.

— Si Arlette se sentait en danger, dit Frédéric, elle ne prendrait pas les devants. Personne ne l'a obligée à parler de sa communion. Et moi, j'ai une autre idée. Si Arlette se prend tellement au jeu, c'est peut-être parce qu'elle sent, en *Prévoir*, un moyen de voir plus clair dans sa vie : le moyen de se libérer, en regardant en face, un passé qui lui pèse.

— J'aurais préféré l'y aider d'une autre façon, murmura Gabriel.

Il se détourna, le visage empourpré. « Ému, épris comme un adolescent », pensa Frédéric. Un sentiment qu'il n'attendait pas s'insinuait en lui : la jalousie. De ce bonheur ?

On venait prendre leur commande : une salade d'avocats, du poisson grillé et un vin bourguignon frais et léger appelé « vin gris ». Il réclama tout de suite une autre coupe de champagne. Gabriel, lui, avait à peine entamé la sienne.

— Arlette est-elle ta maîtresse ? demanda-t-il quand le maître d'hôtel se fut éloigné.

Le scénariste fit « non » de la tête.

— J'ai l'impression, dit-il d'une voix bourrue, que l'amour lui fait peur.

— Tu penses qu'elle est vierge ?

Le sang afflua à nouveau aux joues de Gagman qui regarda autour de lui comme s'il craignait que quelqu'un eût entendu la question.

— C'est bien possible, répondit-il à voix basse.

— Des cloisons de carton-pâte… la fameuse « fête de la pureté », les copains du père… tout ça n'a pas dû lui donner une image bien alléchante de l'amour, remarqua Frédéric.

— C'est pourquoi je ne désire pas qu'elle aille plus loin dans le questionnaire, dit Gabriel fermement.

Frédéric réprima un geste d'énervement.

« Je ne désire pas… » Pour qui donc Gagman se prenait-il ? Jusqu'à nouvel ordre, c'était lui, le patron. Pour lui que travaillait Arlette et Gabriel. Lui qui les payait. Il se retint de le lui faire remarquer.

— Arlette répondra aux questions qu'elle voudra. On utilisera ton texte pour celles qui pourraient l'effrayer, ironisa-t-il.

Le visage de Gabriel se ferma.

— Et je t'en prie, ajouta Frédéric sèchement, plus de coups en douce avec Catherine.

— Des « coups en douce » ?

Gagman semblait sincèrement surpris.

— Pourquoi as-tu dit à Catherine que je n'avais pas détruit *88* ? Merci bien !

— Mais c'est elle qui me l'a dit, protesta Gabriel. Elle le savait.

— Et elle savait aussi pour le second visage ?

— Je ne lui en ai pas parlé. Mais elle était certaine que tu avais découvert autre chose.

— Certaine… répéta Frédéric. Comment aurait-elle pu l'être ? À moins d'être de mèche avec Helmut.

— Tu es fou, dit vivement Gabriel. J'ai raconté n'importe quoi l'autre jour.

Frédéric hésita. Il vida sa seconde coupe.

— Catherine a bien rencontré Steiner à Francfort, lâcha-t-il.

Il put sentir le coup porté à son ami. Il en éprouva une joie amère.

— Comment le sais-tu ?

— Je me suis fait envoyer la liste des invités au réveillon auquel nous avions assisté l'an dernier. Helmut Steiner y figurait.

— Évidemment, dit Gagman. Toute la publicité était invitée à ce réveillon. Si ça se trouve, il n'y est même pas venu. Steiner à un bal déguisé, tu vois ça ?

— Parfaitement, dit Frédéric. Son nom était coché, comme celui de tous ceux qui y ont assisté.

Le serveur posa leurs assiettes devant eux. « Bon appétit, messieurs. » Toute faim avait quitté Frédéric. Quelle idée d'avoir emmené Gabriel ici ! Une phrase aurait suffi : « C'est moi le patron. » Il remplit leurs verres de vin gris.

— Je pensais que tu avais décidé d'oublier cette histoire, dit Gagman sombrement.

— Tu as pu oublier, toi, le visage de femme ?

— Il n'existe pas.

— Pourtant il est là, dit Frédéric. Bien là ! Et j'ai découvert autre chose, ajouta-t-il.

Il s'était juré de ne plus parler du film et voilà qu'il y revenait. Et, à nouveau, comme chaque fois, ses tempes battaient, la brume envahissait son cerveau. Le stress ?

Gabriel réprima un soupir. Pour lui non plus, ce n'était pas facile. Comme Catherine, il avait aimé Frédéric pour sa force, son optimisme, son allant.

— Te souviens-tu des trois notes de guitare qui viennent juste avant l'apparition des visages ?

Le scénariste inclina affirmativement la tête.

— Eh bien, elles reviennent une troisième fois dans le film, juste avant la prairie, avant la paix.

— Et alors ?

Frédéric se pencha vers son ami.

— J'ai pensé que ce n'était pas par hasard ! Qu'il y avait peut-être là une réponse, la clé de tout puisque après vient l'oubli, le repos. J'ai cherché, de toutes mes forces, j'y ai passé des heures. Il fallait absolument que je trouve. Mais rien.

Il se redressa. Au moins convaincre Gabriel de cela.

— N'est-ce pas là la preuve que ce n'est pas mon désir qui fait surgir ces visages ?

— Un de ces jours, dit Gabriel avec révolte, je brûlerai ce film.

— J'ai pris mes précautions, annonça Frédéric froidement. Sache qu'il y a une sauvegarde en lieu sûr !

29

Il poussa la porte de l'appartement. Catherine était rentrée. Sa cape était jetée sur un fauteuil, ses chaussures abandonnées sur le sol, un foulard sur le canapé. Elle avait le désordre d'une enfant gâtée : on lui rangerait tout ça demain !

Qu'avait-elle dit, l'autre jour, lorsqu'il lui avait décrit la pauvreté des Boissot ?

« J'aurais fait n'importe quoi pour en sortir ! — Le trottoir ? » avait-il plaisanté.

« S'il l'avait fallu… »

Il s'assit sur le bord d'un fauteuil et, de la main, lissa le cachemire de la cape.

Catherine… L'attitude de sa femme, l'histoire de Gagman avaient tout pourri entre eux. Dix fois, cent fois par jour, il s'interrogeait sur elle. La connaissait-il vraiment ?

Lorsqu'il l'avait rencontrée, elle travaillait déjà à son journal, comme pigiste. Elle habitait alors chez sa mère, épisodiquement du moins, entre deux aventures. Elle n'aimait, elle le lui avait très vite fait comprendre, que le meilleur : sa mère avait juste assez d'argent pour le lui procurer.

S'il y repensait, il constatait que Catherine avait été dure envers celle-ci, la quittant du jour au lendemain pour venir s'installer avec lui. Et avec qui d'autre avait-elle rompu ? Il se souvenait de voix masculines au téléphone ; de l'attitude glacée de celle dont il n'était jamais rassasié. Catherine et son mystère…

À présent, la mère de Catherine vivait à Colmar où elle avait quelques amis. Elle n'avait jamais semblé compter, pour adoucir ses vieux jours, sur l'affection de sa fille.

Et dans son travail, Catherine s'était montrée carrément féroce, éliminant un à un ceux qui lui barraient le chemin de la direction. Sa beauté, son intelligence, sa vie l'y auraient sans doute menée peu à peu. Mais elle était pressée, avide.

Pressée, avide, égoïste… L'autre jour, en parlant avec Gabriel, les faits s'étaient miraculeusement assemblés pour former l'hypothèse d'un complot. Ce soir, c'était le caractère de Catherine, ce que Frédéric savait de son passé, qui venait étayer cette hypothèse.

Il prit la cape entre ses mains, y enfouit son visage. C'était absurde. Il ne pouvait croire qu'elle ait, toutes ces années, agi par calcul. Mais si elle l'aimait, si elle l'avait jamais aimé, comment se faisait-il qu'elle s'acharnât ainsi à entretenir son angoisse ?

Il lâcha la cape et se leva. Savoir ! Il poussa la porte du bureau de sa femme. Elle avait tapissé les murs de velours, condamné la fenêtre. Là était son royaume, son territoire. Elle aimait y travailler. Elle venait parfois y dormir.

Son parfum imprégnait la pièce. Son portable était posé au pied du canapé où l'empreinte de son corps restait marquée dans la fourrure. C'était sans doute d'ici qu'elle l'avait appelé à Venise, levant en lui le premier doute ; à ce bureau qu'un peu plus tard elle avait recollé patiemment les morceaux du vase. Tissé sa toile ?

Il alluma la lampe et vint résolument vers le meuble. L'un des deux tiroirs était fermé à clé. Dans l'autre, il y avait un fouillis de cartes, timbres, épingles à cheveux, menus bijoux. Le passeport de Catherine aussi. Il l'ouvrit. Une très ancienne photo. Signes particuliers : néant. Les douaniers ne mettaient plus ces cachets qu'autrefois les gens se plaisaient à collectionner.

Il remit le passeport en place et se pencha vers les timbres. Il en prit un entre ses doigts, le leva devant ses yeux.

— Puis-je t'aider ? demanda la voix glacée de Catherine.

Elle alluma le plafonnier. Il eut l'impression que la lumière explosait dans sa tête.

La bouche de sa femme était tordue par la colère, son regard plein de mépris.

— Ce timbre vient d'Allemagne, constata-t-il.

Catherine marcha vers lui, le lui arracha, le jeta dans le tiroir qu'elle referma.

— Et après ? Je reçois des lettres de tous les pays. Je garde les timbres pour Jeannette.

— Cette Jeannette, ricana-t-il, elle a vraiment bon dos !

— Tu es soûl, constata Catherine avec dégoût.

Elle lui tourna le dos et marcha vers la porte.

— Quand as-tu connu Steiner ? demanda-t-il.

Elle s'arrêta net. Lentement, elle lui fit face. Son visage était plein de stupéfaction.

— Je ne connais pas Helmut Steiner.

— Je peux te prouver que si.

Prononçant ces mots à voix haute, il n'y croyait plus. Il les trouvait ridicules.

— Comment cela ? murmura-t-elle.

— Tu l'as rencontré l'an dernier à Francfort ; au cours du réveillon.

Les yeux de Catherine s'agrandirent.

— Nous étions plus de cent à ce réveillon. Et presque tout le monde était masqué.

— Qu'est-ce que cela change ?

Elle le dévisagea, incrédule. Le regard de Frédéric descendit le long du pyjama de soie. Le bord du pantalon caressait les longs pieds aux ongles nacrés. La pédicure venait chaque semaine à domicile. Et la masseuse. Une femme de luxe !

— Tu dansais beaucoup avec un homme !

— Et toi avec une jeune fille !

— Tu as disparu un moment avec lui.

— Il m'a fait visiter les studios.

— Il y travaillait donc ?

— Comme assistant.

— Tu en gardes un souvenir bien précis !

— Je me souviens qu'il ne s'appelait pas Steiner.

— Alors comment ?

— Je ne sais plus. J'ai oublié.

Il pouvait voir monter sa colère. Et pourtant, elle la retenait. Une autre aurait explosé depuis longtemps, refusé de répondre à ses questions, claqué la porte. Par son calme, Catherine l'enfonçait.

— J'ai percé à jour votre complot, annonça-t-il. Tu peux cesser de jouer la comédie.

— Mon pauvre Frédéric, dit-elle. Tu es complètement fou.

Elle avait fini par le dire. Il s'approcha d'elle. Elle eut un mouvement de défense, la main devant le visage, comme s'il s'apprêtait à la frapper. Qui voyait-elle ? Lui ? Celui de *88* ?

— Tu voudrais bien, n'est-ce pas, que je sois fou !

Elle ferma une seconde les yeux.

— Vas-y, dit-elle. Continue. Jusqu'au bout cette fois. De quoi me soupçonnes-tu ?

— Tu as prêté notre vase à Steiner afin qu'il le copie, dit-il. Tu lui as donné un portrait de moi qu'il a trafiqué et placé dans son film.

C'était absurde. Il prononçait ces mots et n'y croyait plus lui-même.

— Mais pourquoi aurais-je fait cela ? souffla-t-elle.

— Pour pouvoir, ce soir, me dire : « Tu es fou », dit-il avec difficulté.

— Dans quel intérêt ?

« Intérêt »… le mot juste lui était venu tout naturellement.

— Me faire enfermer… Filer avec Steiner.

Un rire la secoua.

— Si j'avais voulu filer avec Steiner, quel besoin aurais-je eu de jouer toute cette comédie ?

— Quel besoin ?

Le plus difficile restait à dire ; le plus blessant. Ce qui n'était pas tout à fait absurde.

— Tu ne filerais pas avec Steiner en abandonnant tout. « Quel besoin ? » Trop de besoins…

Elle le gifla. Il ne bougea pas. Cette brûlure était bonne. Elle avait choisi la joue intacte. Elle y pensa au même moment que lui. Une sorte de peur passa dans son regard. Avec un gémissement étouffé, elle courut récupérer son portable et le lui tendit.

— Appelle Steiner !

Il secoua la tête.

— Je ne pense pas qu'il ait monté tout ce scénario pour se laisser surprendre par un coup de fil.

Elle lâcha l'appareil.

— Il n'y a donc rien à faire… murmura-t-elle.

Elle se laissa tomber sur le canapé. Les larmes noyaient ses yeux. Elles ne l'enlaidissaient pas. Catherine eût été une merveilleuse comédienne : une des rares qu'on peut accepter de regarder pleurer.

Elle releva la tête, le fixa.

— Je vais partir, Frédéric, annonça-t-elle.

Un vertige le traversa. Ses jambes se mirent à trembler et il ne put répondre.

— Je vais aller passer quelque temps à Colmar, chez maman. Je n'en peux plus…

— Non, dit-il en un souffle. Reste.

— Je ne reviendrai que si tu acceptes de te faire soigner.

Il s'approcha d'elle et se laissa tomber à ses pieds. Il ne voulait pas la perdre.

Qu'avait-il fait ?

— Pardonne-moi. Je n'ai jamais cru à tout ça. Pardonne-moi.

Les larmes coulaient sur ses joues, les sanglots montaient en lui. Il avait l'impression de les avoir refoulés depuis si longtemps ! Il enfouit sa tête dans les genoux de sa femme. Elle ne bougeait pas. Il prit sa main et la posa sur ses cheveux ; la main resta inerte.

— Te feras-tu soigner ? demanda-t-elle.

— Je détruirai le film. J'oublierai. Je te le jure.

Elle retira sa main.

— Tu me l'as déjà juré. Je veux qu'un médecin t'aide à découvrir pourquoi tu as voulu te raconter toute cette histoire.

— Mais ce n'est pas une histoire. Tout est vrai, hurla-t-il.

Elle l'écarta, chercha à se lever. Un torrent de haine et d'impuissance le submergea. Il la rejeta sur le canapé.

— NON, cria-t-elle à son tour.

Mais elle ne se débattit pas lorsqu'il lui arracha son pyjama, lorsqu'il tomba sur elle.

Le visage tourné vers le mur, les yeux grands ouverts, elle se laissa violer.

30

J'avais ouvert mon cœur à Frédéric. J'avais essayé de l'aider ; j'aurais fait l'impossible pour lui.

Le vendredi vingt-cinq juillet, profitant de mon absence, il fit d'Arlette sa maîtresse. Le vendredi vingt-cinq juillet, il prit Arlette sans l'aimer, pour satisfaire un désir passager, pour oublier quelques minutes son angoisse, pour se venger de Catherine repartie chez sa mère, pour me punir de ma brillante hypothèse.

J'avais agi comme un imbécile. J'avais respecté cette fille, fait confiance à l'amitié ; je les avais rapprochés en empoisonnant les rapports de Frédéric avec Catherine. Je n'avais pas vu le changement d'Arlette, tous ces indices qui, lorsque je sus, vinrent en foule me torturer. La robe neuve de l'autre jour, son anxiété avant les répétitions, son regard sur Frédéric, sa joie lorsqu'il la félicitait. Frédéric me l'avait volée ; et il me l'avait volée pour rien.

Quand je la retrouvai, ce lundi-là, après avoir passé le week-end auprès de ma mère malade, je compris tout de suite que quelque chose d'important lui était arrivé.

D'habitude, lorsque j'entrais dans son bureau, elle tournait aussitôt vers moi son visage souriant. Alors, me semblait-il, la journée commençait vraiment. Elle feignit d'être occupée. Je m'approchai et prononçai son nom. Elle me regarda. Il me semble que, dès cette seconde, je compris.

Il y avait sur son visage quelque chose de plus ; quelque chose de doux et de las sous ses yeux, sur sa lèvre. La transparence était voilée.

— Arlette, que s'est-il passé ?

Tout d'abord, elle ne répondit pas. Je saisis ses mains ; je voulais savoir. Alors que j'avais envie de crier, je lui souris : n'étais-je pas son ami ? son confident ?

Elle se laissa prendre au piège et murmura : « Frédéric. » Puis elle demanda : « Comment l'as-tu deviné ? »

Je me redressai. Je n'avais droit à rien. Ni à la colère, ni aux reproches. Elle ne m'appartenait pas. Je ne lui avais jamais dit que je l'aimais. Je m'étais appliqué à rester l'ami, un point c'est tout. Je devais m'estimer heureux de sa confiance.

Je quittai son bureau et regagnai le mien dans un brouillard. Tous les clichés venaient à moi et me déchiraient ; tous me semblaient illustrer parfaitement mon cas : la vie s'arrête… Le ciel s'obscurcit… Le monde est vide ! Plus rien n'a d'importance ! Chaque cliché faisait monter les larmes à mes yeux. Je me regardais pleurer et pleurais davantage ; j'étais l'enfant trompé, plein de douleur, de rage et de haine, d'impuissance. Comment avais-je pu tant miser sur cette petite fille, cette petite garce ?

Je décidai de quitter Publica sur-le-champ et commençai fébrilement à empiler mes affaires. Comme s'il avait deviné mon intention, Frédéric entra dans mon bureau.

— Reste ! ordonna-t-il.

Je fixai son visage de salaud ; j'y vis Arlette. Je fixai ses lèvres ; j'y vis celles que je n'avais jamais osé effleurer des miennes. Je préférai ne pas répondre.

— Elle ne vaut pas la peine que tu partes...

J'allai vers lui pour le frapper. Son expression, mieux que sa main, m'arrêta.

J'aurais eu l'impression de frapper un malade.

— Pourquoi as-tu fait ça ?

Le cri était venu malgré moi : absurde.

— Quand on est à bout, il est difficile de résister à une fille qui s'offre.

— Arlette s'est offerte à toi ?

Je ne le croyais pas. Un mensonge odieux.

— Je ne prétends pas avoir été violé, dit-il, mais c'est elle qui m'a relancé.

J'entendis ma voix :

— Quand ?

— Vendredi.

Ils avaient donc eu tout le week-end ! Je quêtai des détails. Je voulais toucher le fond. Alors, peut-être pourrais-je commencer à remonter.

Il ne se fit pas prier pour raconter.

Ainsi que cela lui arrivait souvent, Arlette était restée après le départ des autres employés. Comme Frédéric lui offrait de la raccompagner, elle lui avait demandé de s'arrêter avec elle dans un garage voisin ; elle voulait avoir son avis sur une voiture d'occasion.

Arlette m'avait parlé de cette voiture : une deux-places décapotable ; je lui en avais déconseillé l'achat. Je préférais qu'elle attendît de pouvoir s'offrir un véhicule neuf. J'ai toujours redouté pour ceux que j'aime les accidents de la route.

À Frédéric, la voiture parut être une bonne occasion. Le vendeur les avertit qu'un autre amateur devait se présenter le soir même. Frédéric sortit son carnet de chèques. Il avait plusieurs fois proposé une avance à Arlette ; cette fois-ci, elle accepta !

Elle se mit au volant et l'étonna. Elle conduisait à la perfection. « Comme un vieux routier », dit-il. Je me souvins qu'elle m'avait raconté comment son père lui avait mis, dès l'âge de douze ans, un volant dans les mains.

Capote baissée, les lunettes de Frédéric sur le nez, elle se lança hors de Paris avec une joie d'enfant.

— Où êtes-vous allés ? demandai-je.

Chaque question me blessait. Je refaisais moi-même en imagination le chemin qui allait m'amener à cette image insupportable : Arlette dans les bras de mon ami.

— Jusqu'à Pont-Chartrain.

— Et puis ?

— Il était tard. Nous nous sommes arrêtés pour dîner.

J'imaginais aisément le restaurant de luxe, le souper aux chandelles, le ballet des serveurs, Arlette éblouie. Champagne !

— Et après ?

Frédéric attendit quelques secondes.

— Après, j'ai demandé une chambre. Elle m'en avait donné le désir durant le dîner. (Et il ajouta :) Je ne sais pas si j'ai raison de te le dire, Gagman, mais Arlette n'était pas vierge…

31

Frédéric ne comprenait pas encore comment cela avait pu arriver ! Jusqu'à la dernière minute, jusqu'à ce qu'elle avance ses lèvres vers les siennes, dans ce restaurant de Pont-Chartrain, il l'avait considérée comme une enfant. Leur premier baiser avait eu pour lui un goût d'inceste. Était-ce pour le prolonger qu'il avait demandé une chambre ou pour ne pas rentrer tout de suite dans l'appartement désert où l'absence de Catherine lui criait sa folie ?

Le corps d'Arlette l'avait surpris : long, lisse, sans maigreur. Il ne le soupçonnait pas si joli. L'un de ces corps très jeunes qui passent sur les plages, inaccessibles, fruits presque trop parfaits auxquels manque le fondant, le goût un peu tragique de la maturité.

Il l'avait désirée mais, c'était la première fois que cela lui arrivait, ou peut-être la première fille qui ne cherchait pas à simuler, il avait échoué à la rendre heureuse.

Arlette était froide. De tout son corps tendu, elle réclamait les caresses, mais celles-ci semblaient incapables de l'émouvoir.

Pour l'aider, il l'avait interrogée sur celui ou ceux qui l'avaient précédé. Il se souvenait de son recul, cette panique soudaine dans ses yeux. Il comprenait maintenant pourquoi la jeune fille se refusait à répondre, pour *Prévoir*, à toute question concernant une éventuelle vie sentimentale ; il y avait là un point douloureux.

Frédéric se retourna. À ses côtés, Arlette dormait, le visage perdu dans ses cheveux. Lorsque ce soir, presque tout de suite après la scène avec Gabriel, elle était venue lui demander de venir chez lui, il avait hésité. Il revoyait le visage de son ami, égaré, incrédule, haineux. Mais il y avait aussi cette prière émouvante dans les yeux d'Arlette, et l'appartement vide dans lequel il ne se sentait pas le courage de rentrer. Et il avait dit « oui » ! Après tout, il ne l'avait pas volée à Gagman ! Gagman ne l'avait jamais possédée et Arlette s'était volontairement donnée à lui.

La jeune fille se retourna :

— Quelle heure est-il ?

— Tard, murmura-t-il. Dors.

Sans ouvrir les yeux, elle se pelotonna contre lui, la tête au creux de son épaule, avec un soupir de bien-être. Une inquiétude traversa Frédéric. Tout à l'heure, ne lui avait-elle pas dit qu'elle l'aimait ? Il n'aurait pas dû l'amener chez lui. Il ne fallait pas qu'elle imagine que ce qui leur arrivait était autre chose qu'une aventure sans lendemain.

Catherine ! Le vide l'emplit, désir de sa présence. Il dégagea son épaule, se leva sans bruit et passa dans le bureau.

Il n'y était pas revenu depuis l'autre soir : le soir honteux ! Comment avait-il pu agir ainsi ? Elle avait eu raison de partir !

Il s'approcha de la table. Rien ne l'empêchait, aujourd'hui, d'ouvrir les tiroirs et de les fouiller. Mais non ! Il ne le ferait pas. Les soupçons, c'était fini. Il l'aimait. Il posa la main sur le téléphone fixe. Onze heures ! Elle ne dormait jamais avant minuit. Et s'il l'appelait ?

Soudain, une excitation folle le saisissait. S'il l'appelait pour lui dire qu'il se rendait à ses raisons, qu'il allait se faire soigner, qu'elle devait revenir. Après tout, un médecin ne lui demanderait pas de mentir, au contraire ! Il y aurait là quelqu'un pour l'écouter avec patience. Et lorsqu'il en aurait assez, il pourrait toujours feindre de « guérir ».

Sa hâte, soudain, était presque douloureuse. Ses mains tremblaient en formant le numéro. Il dut s'y reprendre à deux fois. Accepterait-elle de revenir dès demain ? La sonnerie courut au-devant de lui, chercha, en trouva une autre, plus lointaine, lui laissa place avant de se transformer, une nouvelle fois, en une sonnerie plus intime, plus proche. Enfin, on décrocha.

— Allô ?

La voix de Mme Decamp, sa belle-mère, brouillée par le sommeil.

— Bonsoir, dit-il. C'est Frédéric. Pourrais-je parler à Catherine. C'est urgent.

Il entendit sa belle-mère poser l'appareil, s'éloigner. Où dormait Catherine ? Lorsqu'ils venaient chez sa mère, ils s'installaient dans le salon, sur le canapé-lit, là où se trouvait le téléphone fixe. Il avait espéré que ce serait elle qui répondrait.

— Impossible de la réveiller, dit Mme Decamp. Elle est arrivée à bout de forces. Je lui ai laissé ma chambre. Elle a pris un somnifère.

— Tant pis ! Réveillez-la. Je dois lui parler, MAINTENANT.

Il avait crié. Il y eut un déclic. Il resta incrédule, Mme Decamp avait raccroché.

Il forma le « bis ». Occupé. L'impuissance le submergea. Catherine avait donné la consigne à sa mère : elle ne voulait pas lui parler. Dire qu'il s'apprêtait à lui annoncer qu'il cédait !

Rageusement, désespérément, il tira le tiroir du haut de son bureau. Les timbres, les épingles à cheveux, les stylos, une paire de ciseaux.

Il s'empara des ciseaux et força le tiroir fermé à clé. Il était plein de lettres. Les siennes. Un rire nerveux le secoua. Que de fois il avait blagué Catherine pour son refus de les jeter. N'était-il pas normal qu'à cause de Jeannette, elle ait fermé ce tiroir à clé ?

Il renfermait étalement des photos, photos d'été, de vacances, de soleil.

Les yeux de Frédéric se brouillèrent : des photos d'avant, de bonheur. Fou ! Il avait tout gâché.

Un bruit le fit sursauter. Arlette apparut au seuil de la pièce. Elle avait mis une chemise de Catherine et celle-ci, trop large, trop longue, lui donnait un aspect clownesque. Elle regarda Frédéric d'un air à la fois craintif et têtu.

— Est-ce que tu m'aimes ? demanda-t-elle.

32

Le vingt-neuf juillet, Deflers vint présenter à Frédéric et à Gabriel le psychologue chargé de l'analyse du rêve : le docteur Lemoine.

Celui-ci plut tout de suite à Frédéric. Au contraire des « trois petits bon Dieu », convaincus de l'utilité pour le genre humain de leur super-ordinateur, on sentait en Lemoine une sorte de timidité, d'hésitation, et comme un émerveillement devant les ressources et les mystères de la nature humaine. Cela se traduisait par un ton prudent, contenu et, apparemment, une visible répulsion à toute généralisation.

Frédéric fit venir Gabriel. Celui-ci s'assit sur le bras d'un fauteuil pour signifier qu'il n'entendait pas s'attarder. Il avait accepté de rester à Publica jusqu'à la fin du film, mais évitait le plus possible Frédéric.

Le médecin leur expliqua comment il procédait pour analyser le rêve.

Réveillés à un certain stade du sommeil, stade appelé « irem », quatre-vingts pour cent des dormeurs se souvenaient clairement de leur rêve. Il s'agissait alors, avant même qu'ils en aient fait le récit, de recueillir les idées ou associations d'idées qui leur venaient à l'esprit. Elles étaient la clé qui permettait de décrypter le rêve. « Prévoir » saurait se servir de cette clé.

— Notre censure est telle, conclut Lemoine, que même nos rêves, nous nous appliquons à les déguiser ! Voici pourquoi certains nous paraissent tellement absurdes. La vérité aime à se cacher sous des vêtements de clown.

— Des vêtements de clown… murmura Frédéric.

L'image d'Arlette dans la chemise de nuit de Catherine lui revenait douloureusement.

— Refoulons-nous donc tellement de choses en nous ? interrogea-t-il d'une voix crispée.

Lemoine inclina la tête.

— Une des preuves en est l'empressement que nous mettons à oublier nos rêves, comme si cette lucarne, un instant entrouverte sur l'intérieur de nous-mêmes, laissait entrevoir un danger mortel. Et à mon avis, ajouta le psychologue d'une voix lente, il n'est souhaitable d'y regarder que si les émanations de notre… sous-sol, nous rendent la vie irrespirable.

Frédéric se leva ; il s'approcha de la fenêtre.

— Dans ces sous-sols, demanda-t-il sans regarder Lemoine, peut-il se trouver des éléments que l'on n'ait jamais soupçonnés ? N'ayant jamais… affleuré ?

— Bien certainement, dit Lemoine. Nous nous cachons tous à nous-mêmes un certain nombre d'éléments de notre passé. Plus ceux-ci sont désagréables et plus profondément nous les enterrons.

— Est-il obligatoire qu'ils ressurgissent un jour ?

Deflers jeta vers Gabriel un regard surpris. La voix de Frédéric, profondément anxieuse, semblait venir d'un autre.

— Heureusement non ! répondit Lemoine. Mais cela peut arriver à l'occasion d'autres troubles. Le cas de la fêlure apparemment bénigne qui entraîne tout l'échafaudage. Lorsqu'on ne s'est jamais posé de question, la première peut transformer cette fêlure en dangereuse béance.

— C'est pourquoi, conclut Deflers, il est souhaitable que chacun explore un peu son sous-sol afin d'être prêt à toute éventualité.

Gabriel se leva. Il semblait mal à l'aise, irrité.

— Ce sous-sol dont vous parlez, dit-il, votre logiciel n'était pas censé l'explorer. Je croyais votre expérience uniquement axée sur l'avenir ?

— C'est exact, dit Lemoine. Mais en se soumettant à cette expérience, les questions que le sujet se posera obligatoirement sur lui-même, alliées à l'analyse du rêve et à celle de l'écriture, représentent malgré tout un début d'exploration.

— Et imaginez qu'un jour on crée des rêves à influence bénéfique, lança Deflers avec enthousiasme.

Frédéric quitta la fenêtre et revint vers les trois hommes. Son visage était redevenu calme.

— Comment envisagez-vous d'expliquer tout cela au téléspectateur ? demanda-t-il à Lemoine.

— Dans un premier temps, j'expliquerai la façon dont nous procédons pour « tirer vif » le rêve du sujet, répondit le médecin. Dans un second temps, j'analyserai ce rêve à l'aide des associations d'idées.

— Cela me paraît parfait, dit Frédéric.

Lemoine se leva.

— Me serait-il possible de voir la jeune fille que vous avez choisie ? J'aimerais connaître ses réponses au questionnaire ; cela m'aidera pour le choix de son rêve.

Le regard de Frédéric passa une seconde sur Gabriel. Il fixait le mur.

— Allons-y, accepta-t-il.

Arlette était au travail dans son bureau. Voyant entrer Frédéric, son visage s'illumina.

— Je te présente le docteur Lemoine. Il tenait à voir le visage de notre « sujet », afin de lui façonner un rêve à sa mesure, lui expliqua-t-il.

Ils se serrèrent la main. Le visage d'Arlette était redevenu lisse, transparent. Elle soutint le regard de Lemoine aussi longtemps qu'il l'observa et répondit docilement aux questions qu'il lui posa sur son travail.

Lorsque le psychologue se retrouva dans le couloir avec Frédéric, il se tourna vers ce dernier. Il avait l'air songeur.

— Voyez-vous, dit-il, voilà le genre d'êtres dont il arrive que les rêves vous déroutent le plus. Leur calme, leur transparence sont comme cette couche de givre sur certains sols, en hiver. Légèreté… pureté… Mais prenez garde à y mettre le pied ; nul ne peut dire jusqu'où vous enfonceriez !

33

Quel jour était-on ? Sept jours après le départ de Catherine, huit semaines depuis Venise et cinq depuis Francfort. À un mois du bouclage de *Prévoir*.

Quelle saison était-on ? La saison du fruit éclaté, des ciels pleins : la dense saison.

Quel homme était-il ? Un homme qui attendait le retour de sa femme. Elle avait téléphoné. Elle serait là après-demain.

On était deux jours avant le retour de Catherine.

Frédéric avait annoncé ce retour à Arlette, sans dissimuler sa joie, cherchant à la préparer à accepter que les deux nuits qu'ils avaient passées ensemble n'auraient pas de suite ; que tout devrait, entre eux, redevenir comme avant, avec, en plus, la tendresse. Elle n'avait pas semblé comprendre ! Elle avait demandé à dîner avec lui et, comme il prétendait être pris, elle avait offert d'aller l'attendre chez lui.

Le « non » de Frédéric avait été ferme. Mais devant la panique, l'incrédulité qui emplissaient le regard de la jeune fille, il n'avait osé aller plus loin. Elle comprendrait bien ! Et puis cela n'avait pas d'importance. L'important, c'était cette lumière qu'il voyait poindre depuis la visite de Lemoine.

Le calme, la personnalité, les paroles du psychologue avaient fait davantage que tous les conseils de Richard, les angoisses de Catherine ou les hypothèses de Gagman. Rêve… cauchemar… Frédéric n'était-il pas en train de vivre une sorte de cauchemar éveillé ? Tirant de ces sous-sols dont Lemoine avait parlé des visages qui n'étaient ni des signes du destin, ni le fruit d'un complot… N'avait-il pas entouré de traits une image créée par son inconscient ?

Depuis le départ de Catherine, il s'était refusé à regarder à nouveau les visages de *88*. Il voulait en sortir. Et soudain un immense soulagement l'emplissait. Se rendre à la raison. C'était la seule solution. Regagner Catherine. Redevenir l'homme fort qu'elle aimait…

Comme les personnages du Tintoret, il émergeait des zones obscures, s'appliquant à rester au centre de la lumière, s'interdisant de regarder derrière. Et il retrouvait le plaisir de vivre. Il avait faim. Une faim intense. Il emplissait le frigidaire de ce que Catherine aimait : des avocats, de l'anguille et du saumon fumé, des mangues et ce que les Chinois appellent si joliment des « rouleaux de printemps ». Il dressait des bouquets dans tout l'appartement. Et enfin, geste expiatoire, il lavait de ses mains la chemise où Arlette s'était, un instant, glissée.

Ce furent, en attendant Catherine, deux jours de rémission ; presque le bonheur.

Son avion arriva avec trente minutes de retard. Elle avait mauvaise mine. Il la prit dans ses bras. Elle se dégagea doucement et le regarda. Son regard était si grave qu'il osa à peine sourire.

— Ça va, dit-il, ne t'inquiète pas. Ça va très, très bien.

Elle ne répondit pas et il sentit qu'il avait dit un « très » de trop. Son enthousiasme tomba un peu. Elle demeura silencieuse durant le trajet.

Elle le remercia d'un sourire pour les fleurs, le dîner qu'il avait préparé, la chemise sur le lit. Il craignit soudain qu'elle ne vît dans cette chemise une invite à l'amour : il l'avait violée la dernière fois… Il était décidé à attendre pour la reprendre qu'elle le désirât ; il n'osa le lui dire.

Il s'efforça de faire honneur au repas. Sans grand succès. Il se voyait comme un mur entre Catherine et lui. Il ne savait comment le faire tomber. C'était hier qu'il avait faim, lorsqu'il comptait fiévreusement les heures qui le séparaient d'elle.

— Quand comptes-tu commencer ton traitement ? interrogea-t-elle.

Il lui en voulut de n'avoir pas attendu qu'il en parlât lui-même.

— Très rapidement, dit-il. Dès que le médecin auquel j'ai décidé de m'adresser sera libre.

— Quel médecin ? Tu as demandé à Richard ?

— Je préfère ne plus mêler Richard à cela. J'ai trouvé quelqu'un moi-même. Il s'appelle Lemoine.

Il décrivit le psychologue à Catherine. Il parla du rêve, de ce que Lemoine en avait dit et du bien que ses paroles lui avaient fait.

Elle écoutait, le front soucieux.

— Mis à part ces histoires de rêve, dit-elle, que sais-tu de lui ? Est-il vraiment qualifié ? Connais-tu des gens qui ont été satisfaits de ses services ?

« Ces histoires de rêve… » Elle ne semblait pas y croire ! Il réprima sa déception.

— Tout ce que je sais, c'est qu'il m'inspire confiance, qu'il n'a pas de certitudes, qu'il semble prêt à écouter, à comprendre. Tout.

— Tout ? dit Catherine. Tu lui as parlé de toi ? Il a accepté de te voir ?

— Je ne lui ai pas encore parlé. Je compte le faire dès demain. Je t'attendais.

Elle ne répondit pas. Elle semblait douter de sa décision. Qu'aurait-elle souhaité ? Le voir entrer directement dans la camisole de force ?

Il lui prit les mains. Il lui dit qu'il avait besoin de sa confiance. Il savait maintenant que ces visages n'existaient pas réellement. Lemoine l'avait aidé à le comprendre. Avec son aide, avec celle de Catherine aussi, il découvrirait pourquoi il les avait inventés.

Mais lorsque Frédéric dit à Catherine qu'il avait inventé ces visages, au lieu de l'approuver, cette fois, elle ne dit rien.

Cette nuit-là, le vent se leva. Ils l'entendirent jeter son sable aux carreaux et violenter les arbres de l'avenue. Pour le retour de sa femme, Frédéric avait acheté un rosier qu'il avait mis sur le balcon. Il se leva et le rentra dans le salon. Le ciel était de plomb comme parfois sur la mer. Plus tard, le crépitement de la pluie apporta le soulagement et il put enfin dormir.

Quand il se réveilla, Catherine était déjà habillée, pressée, semblait-il, de retourner à son travail. Il lui demanda de venir le chercher à sept heures. « Si tu y tiens », répondit-elle.

34

Arlette n'était pas à Publica lorsqu'il y arriva. C'était la première fois qu'elle manquait. Son portable était éteint. Frédéric lui laissa un message. On l'attendait de toute urgence.

Avait-elle oublié qu'elle tournait cet après-midi ?

Elle apparut à trois heures sur le plateau. Elle portait à nouveau son jean délavé ; ses cheveux étaient tirés en arrière ; quand Frédéric vit son visage, il éprouva un choc.

— Pourquoi l'a-t-on maquillée comme ça ? demanda-t-il. C'est beaucoup trop !

Elle était grotesque, vieillie. On avait envie de la débarbouiller.

— Elle avait une très mauvaise mine, dit la maquilleuse ; et vous savez bien que le maquillage ne prend pas sur elle.

Il y avait des peaux, des teints comme ça ! Tout maquillage faisait masque.

Frédéric regarda Arlette de plus près. Elle était effectivement très pâle, les yeux cernés. Elle avait l'air malade.

— Ça ne va pas ?

Sans répondre, elle détourna la tête. Il revint vers le groupe.

— Tant pis. On essaie quand même.

Elle devait, aujourd'hui, parler de son adolescence. On avait eu pour cette partie recours au scénario de Gabriel. Se référant à l'enfance réelle d'Arlette Boissot, de son environnement, il avait fait du sujet une jeune fille timide, sérieuse, peu attirée par les distractions, le flirt. La scène était fondamentale. C'était à partir de celle-ci, de cette époque de sa vie, que le sujet commencerait à éprouver le besoin de s'évader d'un univers gris, oppressant, où il sentait que n'existait pour lui aucun espoir d'épanouissement. Mais que choisir ? Dans quelle direction aller ? Comment ? Ces questions l'amèneraient à s'adresser à « Prévoir ».

Ils travaillèrent sur le texte une partie de l'après-midi. Goûts, distractions, sorties, amis, premiers garçons. Arlette, sa feuille dans les mains, récitait. C'était exécrable. L'équipe la regardait avec consternation. Elle semblait ne pas s'en soucier. Absente ! Straglio était attendu demain. Si elle ne se montrait pas meilleure, ce serait catastrophique.

On arrêta avant l'heure. Mais quand Frédéric la chercha pour lui parler, elle avait disparu.

À sept heures, Mme Germaine l'avertit que Catherine l'attendait dans la voiture. Il s'étonna qu'elle ne fût pas montée. Que se passait-il ?

Le visage de sa femme était hostile. Elle lui avait laissé la place au volant. Il s'y installa et démarra.

— Arlette Boissot est venue me voir ce matin au journal, dit-elle.

Frédéric freina brusquement. L'incrédulité, la peur le submergeaient.

— Que te voulait-elle ?

Catherine lui jeta un bref regard de mépris.

— Quand on prend une gamine, on réfléchit aux conséquences. Cette fille est folle de toi !

— C'est cela qu'elle est venue te dire ?

— Elle est venue me demander si j'avais l'intention de revenir vivre avec toi.

Il arrêta la voiture. Il ne pouvait maîtriser ses mouvements. Pourquoi ? Pourquoi Arlette avait-elle fait cela ?

— Je lui ai répondu que je n'en étais pas certaine, reprit Catherine sèchement.

Frédéric se tourna vers elle.

— Pas certaine de quoi ?

— De revenir.

D'un mouvement brusque, Catherine lui fit face.

— Elle est jeune, jolie, sensible, bonne actrice à ce que l'on dit. Elle saura certainement mieux que moi te faire oublier tes… idées noires.

Il voulut la prendre dans ses bras, elle se tassa contre la portière.

— Je t'aime, murmura-t-il.

— D'une drôle de façon ! En amenant une gamine à la maison dès que j'ai le dos tourné.

« Une gamine… » Toute la jalousie de Catherine éclatait dans ce mot. Catherine si attentive à son corps, aux aguets de chaque faiblesse, chaque meurtrissure du temps. Une gamine… Ce qu'elle ne pouvait plus être pour lui !

— Écoute, supplia-t-il. Tout simplement, je ne pouvais plus supporter de rentrer à la maison, de ne pas t'y trouver. Tu ne peux savoir… Un soir, Arlette s'est offerte à moi. J'ai cédé. C'est tout.

— En somme, railla Catherine, je devrais être touchée ! C'est par amour pour moi que tu en as fait ta maîtresse.

Il inclina la tête. C'était absurde, mais c'était vrai ! Par amour, solitude, désespoir !

Il remit la voiture en marche. Il ne voyait pas ce qu'il pourrait dire de plus. Il était anéanti.

— Où vas-tu ? demanda-t-elle.

— À la maison.

— Dépose-moi chez Richard.

Il s'arrêta à nouveau. Il n'en pouvait plus. Les mots lui manquaient, la force.

— Je t'en supplie…

Elle le regarda. Elle qui, il y a quelques semaines, avait sans cesse les yeux humides, elle le regarda un long moment d'un regard glacé.

— C'est bon ! Mais je m'installerai dans mon bureau. Je pense que là, quand même, tu ne l'as pas amenée.

Là, il avait passionnément aimé et désiré sa femme. Là, il avait espéré, lutté, décidé de rendre les armes. Pour rien ! Il ne dormirait pas contre elle. Il la dégoûtait. Elle envisageait de vivre sans lui.

Elle ne l'aimait plus.

Elle ne dîna pas. Il entendit l'eau couler dans la baignoire. Il sentit l'odeur des sels de bains. Il perçut le frottement du gant sur sa peau et le bruit soyeux de la chemise tombant autour de son corps. Il entendit la clé tournant dans la serrure.

Il entendit un disque de Mahler. Il sentit la fumée de ses cigarettes blondes. Il crut entendre le bruit des draps où elle se glissait. Il vit disparaître le rai de lumière.

Il y avait un cri en lui, un appel de tout son être, une brûlure, une blessure ouverte, une terreur, un désespoir. Il s'était cru sauvé. Avec Catherine comme but, il aurait eu la force de se faire soigner. À quoi bon maintenant ? Il n'appellerait pas Lemoine. De toute façon, cela ne changerait rien. Elle ne lui faisait pas confiance. Il n'y avait pas d'issue.

Il prit deux des cachets que lui avait conseillés Perrin et, sans se dévêtir, tomba sur son lit. Ici, il y a trois jours, il avait tenté de donner du plaisir à Arlette. Cette garce ! Il avait une envie physique de la briser. Pourquoi s'était-elle offerte à lui ? Imposée. Cette garce frigide.

Plus tard, très tard, il n'avait pas encore dormi, il écoutait le monde l'abandonner, bruit après bruit, il alla boire dans la salle de bains.

En voyant son visage dans le miroir, il ne put réprimer une plainte. Quelle différence y avait-il désormais entre celui de *88* et lui ? Le teint gris, les traits amollis, le regard fixe, farouche. Même la cicatrice devait être semblable : mince trait en train de disparaître.

Lorsqu'il avait vu la première fois le visage, il l'avait pensé plus âgé. Il n'en était rien ! Ce soir, Frédéric était vieux ; et il ne manquait, pour que la ressemblance fût parfaite, que l'expression précise d'horreur qui venait de la vue du visage de clown.

35

Catherine se leva à huit heures. Il entendit couler la douche. Il sentit l'odeur du savon. Il entendit le frottement de la serviette sur son corps, le bruit de la porte de la penderie, celui des vêtements qu'elle enfilait. Puis ce furent d'autres bruits et des odeurs plus nettes : celle du café, le tintement de la tasse sur la soucoupe, l'odeur du toast, le raclement du couteau y étalant le beurre.

Elle ne vint pas dans sa chambre. Il aurait pu aussi bien avaler tous les cachets du flacon ; il aurait pu crever.

Il entendit claquer la porte d'entrée. Il la suivit dans le flot des voitures. Il la perdit.

Quand, à neuf heures, le téléphone sonna, il laissa passer un long moment avant de décrocher. Ce brouillard dans sa tête, ce devait être les cachets. Par lassitude, il finit par prendre l'appareil.

C'était Pierelli. L'Italien venait d'arriver à Roissy ; il attendait sa valise.

Frédéric se redressa.

— Viens, dit-il. Viens vite !

— Où ça ?

— Ici. Chez moi.

— Tout de suite.

Il avait les larmes aux yeux en raccrochant. Il lui semblait que son ami avait fait le voyage pour venir le sauver.

Il prit une douche, se rasa, s'habilla et avala deux grandes tasses de café dans le récipient où Catherine avait bu, posant ses lèvres sur la trace rosée qu'avaient laissée les siennes.

Pierelli ne mit que trente minutes à venir. En voyant Frédéric, le sourire qu'il avait sur les lèvres disparut.

— Mais qu'est-ce qui t'arrive ? Tu es malade ?

— Fatigué, avoua Frédéric.

— Fatigué ? Mais tu as perdu dix kilos ! Tu as une tête épouvantable !

L'Italien ne cherchait pas à cacher son émotion. Il posa la main sur le bras de son ami.

— Frédéric… que se passe-t-il ?

— Catherine, articula-t-il avec difficulté.

Pierelli hocha la tête. Il comprenait ! Une femme pouvait vous mettre dans un tel état ; et il connaissait l'amour de Frédéric pour la sienne.

— Elle est partie ?

— Pas encore.

— Parle… Pourquoi ?

— Attends. Tout à l'heure.

Ils allèrent sur la terrasse. Frédéric sortit deux fauteuils. Le temps était lavé, presque frais. Les trottoirs étaient humides avec de petites flaques. On avait l'impression d'une marée basse.

Jeannette arriva et Frédéric lui demanda de refaire du café. Il ressentait depuis l'arrivée de Pierelli un soulagement indicible. Pierelli ne savait rien. Pour lui, Frédéric était toujours celui de Venise ; et c'était bon, ces regards, ces gestes vers lui, cette amitié que la méfiance, le soupçon ou la gêne n'entachaient pas. Il se sentait revivre. Il avait l'impression d'une main tendue pour le tirer d'un piège.

— Je suis venu t'apporter les résultats de mon enquête, dit l'Italien.

— Ton enquête ?

— Steiner.

Un instant, il avait oublié. Il n'avait songé qu'à la joie de revoir son ami.

— Apprête-toi à écouter une histoire étonnante !

Il n'avait pas envie d'entendre cette histoire. Il aurait voulu pouvoir rester ainsi, à évoquer des souvenirs, parler de la plage, là-bas, la mer, les femmes que Pierelli aimait tant, la vie. La vie qui pouvait être si claire.

— À vingt-cinq ans, raconta l'Italien, avec deux films à son actif, Steiner était le metteur en scène sur lequel tout le monde avait les yeux fixés. Beauté, génie, richesse, il avait tout.

Pierelli s'interrompit, savourant visiblement son récit. Il but une gorgée de café.

— Puis ce fut Hitler. Bien que juif, Steiner s'était refusé à quitter l'Allemagne. Il fut déporté. Les nazis savaient utiliser les dons. On le chargea de filmer certaines expériences dans les camps.

Une nausée souleva la poitrine de Frédéric.

— Que veux-tu dire par « certaines expériences » ?

— De ces horreurs dont tu as entendu parler : pour arriver à l'homme-Dieu, l'homme-géant que Hitler pensait appelé à régner un jour sur le monde. Expériences sur la résistance physique et morale de l'être humain. Sur son corps. Sur son cerveau.

— Son cerveau ?

Frédéric se détourna pour cacher le tremblement de ses lèvres.

— Tu n'ignores pas les expériences faites par les nazis sur le cerveau des gens, poursuivit Pierelli. Pour sauver sa peau, Steiner accepta de filmer les malheureux qu'on y soumettait.

— Quelles expériences ?

— Tu m'en demandes trop. Ce sont là des détails dans lesquels je n'ai eu aucune envie de fourrer le nez. La guerre terminée, Steiner, miraculeusement, fut à peine inquiété. Il se punit lui-même. En renonçant à tourner. Jusqu'à *88*.

— Et pourquoi *88* ? demanda Frédéric d'une voix cassée.

Sous le regard préoccupé de son ami, il parvint à sourire.

— Pardonne-moi. Je suis abominablement nerveux. Il faut dire que ton histoire est épouvantable. Autre chose ?

— Helmut Steiner réussit tout ce qu'il touche. Il n'a pas son pareil pour lancer un produit. Il est très solitaire. Certains l'appellent « le loup des steppes ».

— Le loup ?

Une nausée souleva le cœur de Frédéric. Il se leva précipitamment, passa dans la salle de bains et se mit à vomir. Des expériences sur la résistance morale, sur le cerveau…

Il se regarda dans la glace. Était-il fou ? Sur le point de le devenir ? Pourquoi, chaque fois qu'il essayait de s'en sortir, un nouvel élément venait l'enfoncer davantage ? Inventait-il l'acharnement de Catherine à le plonger et replonger dans cette histoire ? Était-il tout simplement atteint du délire de la persécution ?

Et était-ce un hasard si l'auteur de *88* était le même que celui qui s'était prêté à ces monstrueux travaux sur le cerveau humain ?

36

Lorsqu'il arriva à Publica, Mme Germaine courut à sa rencontre. Elle avait dû guetter l'arrivée de sa voiture par la fenêtre.

— M. Straglio est là ! Voilà une demi-heure qu'il vous attend. Il est furieux. Je lui ai dit que vous étiez en rendez-vous.

— Que Gabriel s'occupe de lui. Il n'a qu'à lui montrer les essais.

— M. Vernet est déjà avec M. Straglio.

— Dites-leur que je suis souffrant. Débrouillez-vous ! Et faites-moi descendre la petite Boissot.

Il resta dans le hall. Il ne monterait pas. Il ne verrait pas le producteur. Arlette apparut en haut de l'escalier. Elle le regarda, puis commença à descendre lentement, le regard sur ses pieds. Une bouffée de haine envahit Frédéric. Cette garce ! Même pas jolie.

Arrivée en bas, elle s'arrêta.

— Viens, dit-il. On va faire un tour.

Au prix d'un effort énorme, il était parvenu à parler avec douceur. Il fallait qu'elle accepte de le suivre.

La précédant, il traversa la cour, attentif au bruit des pas de la jeune fille derrière lui. Il n'avait jamais ressenti cela : cette envie de blesser, de briser, qui vous sort de vous-même. Comme l'ivresse.

Il ouvrit la portière de la voiture.

— Monte !

Elle obéit. Il s'installa rapidement au volant et démarra : il la tenait !

Sans un mot, il traversa la Seine et entra dans le bois de Saint-Cloud. Elle fixait la route, devant elle, une expression butée sur le visage, la tête rentrée dans les épaules, si différente de celle d'il y avait seulement quelques jours : fraîche, vive. Qu'avait dit Lemoine avec sa « transparence » ? Sa « couche de givre » ? « Prenez garde d'y poser le pied. Nul ne pourrait dire jusqu'où vous enfonceriez… »

Le bois était plein de monde. Des jeunes jouaient au ballon sur les pelouses, d'autres faisaient des ronds à vélo. Au bord des allées, près de guinguettes vêtues de trois planches, des cris joyeux, des rires ; des verres levés. Décor idéal pour le souvenir.

Frédéric s'engagea dans un chemin désert. Il arrêta sa voiture. Arlette retenait son souffle.

— Pourquoi es-tu allée trouver Catherine, attaqua-t-il.

L'air buté, elle serra les lèvres.

— Pour me couler auprès d'elle ? En espérant me récupérer après ?

Le visage de la jeune fille s'empourpra et les larmes jaillirent. Il la prit aux épaules, l'obligea à lui faire face.

— Pourquoi ?

Un éclair de défi brilla parmi les larmes.

— Tu m'avais dit qu'elle était partie !

— Je t'avais dit aussi qu'elle reviendrait.

— Je t'aime, dit-elle.

Il la lâcha et se mit à rire.

— En trois jours ! En deux nuits ratées ! Eh bien, tu n'es pas difficile…

Elle se détourna. Les larmes ruisselaient sur ses joues. Elle avait enfoui ses mains crispées au creux de son pantalon.

— Je t'aime… Je t'aime… répéta-t-elle.

— Moi pas ! trancha-t-il.

Son regard le stupéfia : incrédule, perdu. Elle avait donc cru sincèrement qu'il l'aimait ? Parce qu'il prenait ses mains avant le tournage, qu'il lui parlait avec douceur ? Il revit son visage « éclairé » lorsqu'il l'interrogeait. À lui, lui seul, elle acceptait de raconter son enfance.

— Tu m'as fait beaucoup de mal en allant voir Catherine, dit-il plus doucement.

Les sanglots soulevaient les épaules minces de la jeune fille. Une seconde il fut ému. Comme il les connaissait, cet arrachement, ce vide mortel.

Soudain, elle se jeta contre lui.

— Je veux rester avec toi, je ne veux pas qu'elle revienne.

Il l'écarta, toute sa colère revenue. Que devait-il faire pour qu'elle comprenne ?

— Écoute-moi bien, dit-il. Ni toi, ni personne, jamais, ne me séparera de ma femme. Ma femme. Tout nous lie : le cœur, les pensées, mais aussi le corps. L'amour, c'est aussi cela le faire. Et le faire bien. L'amour, se donner du plaisir.

Comme une enfant, elle se bouchait les oreilles pour ne pas l'entendre. Il écarta sa main de force.

— Qu'en sais-tu, toi, du plaisir ? Qui as-tu connu avant moi qui t'a rendue frigide ? Quel homme ? Quelle brute ?

— Non ! hurla-t-elle.

Elle le repoussa, ouvrit la portière et quitta la voiture. Sans cesser de le regarder, elle fit quelques pas à reculons avant de lui tourner le dos et fuir. Elle disparut.

Il resta un long moment immobile sur son siège. Se souvenant de son cri de détresse l'autre jour : « Je peux tout dire. Je n'ai rien à cacher. »

Faux !

Il avait frappé juste.

Sur quoi ?

Qui ?

37

Il n'était que cinq heures lorsqu'il se retrouva chez lui. Le soleil emplissait l'appartement. Sa tasse de café et celle de Pierelli étaient restées sur la table de la terrasse.

Il prit la bouteille de scotch et alla s'asseoir devant le bureau de Catherine. Il se sentait vide, épuisé, comme s'il avait, avec sa cruauté envers Arlette, tiré de lui le peu de forces qui lui restaient.

Que lui avait-il dit sur l'amour ? Lien total entre chair et âme. Cet amour là avait-il jamais réellement existé pour Catherine ? S'il avait existé, comment pouvait-elle prendre avec cette froideur la décision de se séparer de lui ?

En un geste de défi dérisoire, il porta la bouteille à ses lèvres et but une gorgée de scotch. La solitude l'engloutit. Que lui restait-il ? Qui ? Catherine l'avait abandonné, Gabriel lui avait retiré son amitié. Il avait viré Arlette. Restait Pierelli, le gentil Italien avec lequel il devait dîner ce soir. Et s'il le perdait lui aussi ?

Il ferma les yeux. Helmut Steiner... Le « loup des steppes ». Toute la journée, il avait repoussé cette horreur, ces expériences sur le cerveau. Qu'en aurait dit

Gagman ? Quelle confirmation éclatante à son hypothèse !

Machinalement, une fois de plus, il tira le tiroir supérieur du bureau : timbres, épingles à cheveux, stylos, ciseaux, bijoux. Passeport…

Son cœur s'affola. Passeport ! Il n'était pas là la dernière fois. Il en était certain. Les timbres, les stylos, les épingles, les ciseaux, les bijoux… Pas le passeport de Catherine.

Il le prit d'une main tremblante. Tenait-il sa preuve ? « Elle dort, impossible de la réveiller… elle a pris un somnifère… » Catherine n'était pas chez sa mère lorsqu'il avait téléphoné à Colmar. Tout simplement ! C'était pour ça que celle-ci avait si vite raccroché, qu'elle l'avait empêché de rappeler. Catherine avait emporté son passeport.

Où pouvait-elle être sinon à Francfort ?

La grande salle du Relais était calme. C'était un restaurant où les gens venaient tard, après les spectacles. Le maître d'hôtel apporta une bouteille de champagne.

— Alors ? demanda Pierelli.

— Steiner est l'amant de Catherine, annonça Frédéric.

L'Italien hocha la tête ; il n'avait pas l'air étonné.

— Quand tu m'as demandé tous ces renseignements sur lui, je me suis douté de quelque chose comme ça. Ça date de quand ?

— Noël dernier.

— Et… c'est sérieux ?

Frédéric inclina la tête.

— Je le crains.

— Elle va te quitter ?

Frédéric eut un rire.

— Pas comme ça ! Catherine est une femme réfléchie. Pas à ses torts et j'ai fait une connerie !

— Laquelle ?

— En son absence, j'ai amené une fille à la maison. La fille est allée le lui raconter. C'est elle qui a des preuves maintenant. Pas moi !

Pierelli réfléchit.

— Je connais peu Catherine, mais je ne la voyais pas si calculatrice, remarqua-t-il.

Frédéric vida sa coupe de champagne.

— Moi non plus. Mais Steiner et elle jouent un jeu étrange.

Le regard de Pierelli se fixa sur son ami, étonné.

— Quel jeu ?

— Crois-tu, demanda Frédéric, que Steiner soit homme à tenter de faire perdre la raison à quelqu'un ?

L'incrédulité emplissait à présent le visage de Pierelli.

— Mais pourquoi ?

— Simple supposition, dit Frédéric. Lui-même a-t-il toute sa raison ? Ces expériences dont tu parlais ce matin ne lui sont-elles pas… montées à la tête ?

— On ne m'a rien dit de tel ! Et il a si bien rejeté cette partie de sa vie qu'il a renoncé à tourner depuis.

— Pas *88* !

— Qu'est-ce que cela change ?

— Tout, justement, murmura Frédéric.

Pierelli se pencha vers son ami.

— Quel lien, selon toi, y aurait-il entre *88*, Catherine et Steiner ? demanda-t-il d'une voix inquiète.

Un instant, Frédéric regarda le visage de son ami, plein d'amitié, de désir d'aider, pour l'instant sans soupçons ni pitié : le visage de Gagman au début. Il se détourna.

— Aucun lien, dit-il. Pardonne-moi. Je dis n'importe quoi. Tes histoires sur Steiner m'ont tourmenté, c'est tout.

Ils parlèrent d'autre chose. Frédéric but beaucoup. Plus tard, comme il le raccompagnait à la porte de son hôtel, Pierelli le supplia de partir avec lui le lendemain. Quelques jours à Venise lui feraient le plus grand bien. On arrivait à l'époque de la plus belle lumière, la plus intense.

— Et tu retrouveras tes chers Tintoret…

Frédéric eut un sourire.

— Depuis mon retour de Venise, je n'ai pas quitté « mes chers Tintoret »…

38

Le lendemain, quatre août : 4.8, lorsque Frédéric arriva à Publica, il trouva Straglio installé dans son bureau. Le producteur fulminait.

— Pourquoi avez-vous choisi cette nullité ? attaqua-t-il tout de suite.

Frédéric referma calmement la porte.

— Arlette Boissot me semblait faire l'affaire.

— Elle vous « semblait » ?

— Si on vous a montré ce qu'elle a tourné hier, je reconnais que c'est exécrable.

— On m'a *tout* montré, explosa Straglio. J'ai exigé de *tout* voir, et c'est détestable ! Vous êtes complètement passé à côté. Après avoir vu votre film, pas une personne n'aura envie de s'adresser à cette machine. Pas une ! C'est de la folie que d'avoir choisi ce… pantin.

— Je reconnais avoir commis une erreur, accepta Frédéric. Bien que le terme de « pantin » ne convienne nullement à Arlette Boissot. Nous allons régler cette histoire aujourd'hui. Il ne sera pas difficile de trouver quelqu'un d'autre.

— Et combien de temps aurez-vous perdu ? aboya Straglio.

— Le film sera prêt dans les délais prévus.

— Je l'espère pour vous.

Le producteur se dirigea vers la porte.

— Et je vous conseille de vous faire soigner. Il n'y a pas qu'elle qui ait l'air malade.

La porte claqua. « Vous faire soigner. » Décidément, tout le monde s'y mettait !

Il décrocha le téléphone.

— Envoyez-moi Arlette Boissot, ordonna-t-il.

Il avait pensé qu'elle refuserait de venir, qu'il lui faudrait aller la chercher de force, elle fut tout de suite dans son bureau. Elle était plus pâle encore que la veille mais il y avait quelque chose de différent dans son regard : une résolution.

— Assieds-toi, dit-il.

En quelques phrases, le plus calmement possible, il lui expliqua qu'elle allait devoir quitter la maison. Elle serait payée comme si elle avait tourné le film jusqu'au bout et il l'aiderait à trouver un autre travail. En échange, il lui demandait de partir sur-le-champ. Il se chargerait des explications aux collègues.

La jeune fille l'écouta sans rien dire, toute raide au bord de son siège. Quand il eut fini de parler, elle attendit quelques secondes puis refusa. Elle avait signé un contrat ; elle le remplirait jusqu'au bout. Elle resterait jusqu'à la fin du film.

Frédéric demeura d'abord sans mots. Il ne pouvait croire à ce refus. Il ne le comprenait pas. Après la scène d'hier, comment pouvait-elle souhaiter rester ? Il avait même pensé ne pas la retrouver à Publica ce matin.

— Je crois que nous nous sommes mal compris, reprit-il lentement. Tu imagines que je te renvoie à cause de ce qui s'est passé entre nous, à cause de

Catherine. Ce n'est pas la seule raison. Straglio sort d'ici. Il a vu tous les essais. Ça ne lui plaît pas. Il m'a demandé d'engager quelqu'un d'autre.

Arlette se pencha en avant. L'indignation déformait ses traits.

— C'est toi qui as insisté pour que je tourne ! Tu ne m'as jamais parlé de Straglio. Tu étais content des essais…

Soudain, Frédéric crut comprendre pourquoi elle ne voulait pas céder. Sa famille !

Les amis. Le respect humain. À Orly, elle devait être une sorte de vedette.

— Pour ta famille, on dira que c'est toi qui as laissé tomber. Et elle aussi, on la dédommagera.

— Non ! répéta-t-elle.

Et avant qu'il ait pu la retenir, elle avait quitté la pièce.

Il mit longtemps à retrouver son calme. Une rage folle, liée à l'impuissance, l'emplissait. Il s'approcha de la fenêtre et s'obligea à regarder en détail, minutieusement, le rond de gazon bien entretenu, les allées de gravier, le bouquet d'acacias. S'étendre à son ombre. Dormir…

Lorsqu'il se sentit un peu apaisé, il réfléchit. Ainsi, Arlette refusait de partir ? Eh bien, il l'y obligerait. Hier, il avait trouvé le point douloureux. Il savait sur quoi appuyer. Il le ferait sans pitié. En avait-elle un instant éprouvé pour lui ?

En début d'après-midi, il convoqua son cameraman et lui expliqua que, sur la demande de Straglio, il renonçait à employer Arlette Boissot. Il s'en remettait à lui pour trouver d'urgence une fille qui pût la remplacer. Cette fois, il désirait une actrice de métier.

Le cameraman déclara que cela ne devrait pas poser grand problème. Dès demain, il lui présenterait une ou deux filles pouvant faire l'affaire. Il semblait soulagé de cette décision.

Ensuite, Frédéric attendit. Que la journée passât…

À six heures, commença le branle-bas des départs. Il les enregistrait un à un : les employés, la mobylette de Mme Germaine, la voiture d'Arlette et, en dernier, la porte de Gabriel, le pas de Gabriel.

Un instant, contre toute logique, il espéra que celui-ci s'arrêterait pour le voir. Comme avant. Comme autrefois. Gagman s'asseyait dans le fauteuil et ils parlaient longuement de « la maison ». Ils avaient souvent rêvé, l'hiver dernier, du projet Deflers. Ah, s'il pouvait être confié à Publica !

Gabriel passa sans s'arrêter devant le bureau.

Lorsqu'il fut certain d'être seul, Frédéric sortit de son armoire la bobine de film et les agrandissements.

Les premières fois, il avait toujours le secret espoir de ne pas retrouver les visages. Catherine, les autres avaient raison ! Il avait été la proie d'une hallucination passagère. Il savait aujourd'hui qu'ils seraient bien là et il en connaissait l'auteur.

Il ne ressentit pas de choc particulier en retrouvant le sien. Il s'attendait à ce que la ressemblance se fût ainsi accentuée.

Penché sur son double, il s'efforça de raisonner. Helmut avait-il pu prévoir qu'il deviendrait cette loque ? Cette chose hagarde ? Ou était-ce Frédéric qui, entrant dans le jeu diabolique de l'Allemand, avait fait ce qu'il fallait pour ressembler au portrait glissé dans *88* ?

Il pensa soudain que dans une ou deux semaines la cicatrice, sur sa joue, aurait totalement disparu. À ce moment, l'homme du film existerait d'une autre façon : non plus comme une image de l'avenir, mais comme celle du passé : le cauchemar serait derrière lui.

L'espoir, comme un coup de couteau, le pénétra. S'il tenait jusque-là, il serait sauvé. C'est lui qui les aurait possédés.

Le visage de la femme gardait son secret sous ses paupières closes. Avait-elle seulement un secret ? La vie existait-elle derrière ce masque ?

À nouveau, une phrase de Lemoine frappa Frédéric : « La vérité se cache parfois sous des vêtements de clown… » Quelle vérité, dans ce pantin, frappait si douloureusement celui qui la regardait ?

Puis, une fois de plus, Frédéric se passa le film. C'était la dernière image qu'il voulait revoir : celle avant le champ paisible ; celle qui montrait dans sa totalité la partie du tableau de Goya dont s'était inspiré Helmut Steiner : la colline de visages.

La musique atteignait là un paroxysme presque insupportable dans lequel les trois notes de guitare venaient assourdies, comme en sous-teinte. Cela n'avait été qu'à la troisième ou quatrième vision qu'il les avait décelées.

À nouveau, il explora l'image, l'éclairant de toutes les façons possibles. Non ! Cet endroit ne recelait rien !

Et pourtant, il avait de plus en plus l'impression que de cette colline humaine montait comme un appel. Une plainte adressée à lui.

Catherine n'était pas là quand il rentra. Il vit la porte de son bureau ouverte et il pensa : « Elle est partie… » Se devinant percée à jour, elle avait fui.

Il courut à la penderie : ses affaires y étaient, les valises aussi ; le passeport se trouvait dans le tiroir du bureau.

Il tomba sur le canapé : « Je deviens réellement fou… »

Il n'avait rien mangé depuis la veille, avec Pierelli. Il se releva péniblement et se força à prendre quelque chose. Il lui fallait des forces pour accueillir Catherine. Accueillir ? Il eut un rire, comme un sanglot : accueillir !

Il somnolait quand elle rentra.

— Je suis allée au cinéma, dit-elle.

Il regarda sa montre : onze heures trente. Elle se dirigeait vers son bureau.

— Reste ! J'ai à te parler.

Elle s'arrêta, l'air hautain.

— Parler de quoi ?

Il avait préparé des phrases subtiles, des phrases pièges. Aucune ne venait. Elle fit, de nouveau, un pas vers le bureau.

— D'Arlette Boissot, dit-il.

Le visage de Catherine s'empourpra.

— Je n'ai pas la moindre envie de parler de cette fille.

— Elle a pourtant représenté un merveilleux prétexte pour toi.

C'était une des phrases préparées : « Un merveilleux prétexte. » Était-ce pour cela qu'elle sonnait si faux ?

— Que veux-tu dire ?

— Qu'elle t'a bien arrangée.

Catherine se mit à rire et il fut frappé par la tristesse de ce rire. Mais non ! Bonne comédienne, voilà tout. On allait voir si elle le serait jusqu'au bout.

Il se leva et vint vers elle. Il voulait voir ses yeux.

— Elle t'a permis, par exemple, de te retrancher derrière un silence offensé, ce qui t'a dispensée de t'expliquer sur ton dernier voyage à Francfort.

Catherine se figea ; ses lèvres se mirent à trembler et, avec épouvante, il comprit qu'il avait frappé juste.

— Mon voyage à Francfort ? balbutia-t-elle.

— Comment as-tu pu penser que je serais dupe ? Et ta mère ment très mal.

Elle ne répondit pas. Évidemment ! Qu'aurait-elle pu dire ? Le cœur battant à tout rompre, il passa dans le bureau, reprit le passeport et le lui tendit.

— Le tampon de la douane le prouve.

Elle le lui arracha et le feuilleta fébrilement. Il n'y avait pas de tampon. Consciente de s'être trahie, elle se mit à trembler.

— Alors ? attaqua-t-il.

Dans son regard, tandis qu'elle reculait vers la porte, il reconnut l'expression traquée de celui d'Arlette, au bois, fuyant la vérité. Elle disparut. La porte claqua.

Il tomba sur le canapé. Il lui en aurait fallu, du temps, pour arriver à ce moment, cette preuve ! Et comme, à la fois, il l'avait voulue et redoutée. Catherine le trompait ! Avec l'aide du « loup des steppes », elle cherchait à le rendre fou. Ils y étaient presque parvenus.

C'était terminé. Il allait pouvoir se défendre. Il connaissait le chemin. Il déjouerait leur plan en dépassant le portrait qu'ils avaient fait de lui dans le film. Il laisserait celui-ci tomber dans le passé.

Tandis que s'effacerait tout à fait la balafre, il travaillerait à retrouver son ancien visage. On était le quatre août. Le 4.8. Quatre jours jusqu'au 8.8. Jusqu'à *88*.

Cela irait.

39

— Pourquoi as-tu annulé le tournage cet après-midi ? demanda Arlette.

Elle se tenait sur le seuil de son bureau, plus défaite encore qu'hier, les cheveux pendant autour de son visage, gamine lamentable.

— Tu le sais bien, dit-il. File, maintenant. J'ai à travailler.

Elle ne bougea pas. Il se leva. Il ne pouvait plus supporter la vue de ce visage ravagé, ce visage de martyr.

— Quand bien même je te laisserais tourner ce film jusqu'au bout, Straglio n'en voudrait pas. Il ne donnerait pas les fonds. C'est cela, un producteur ! Avec son fric, c'est lui qui a le dernier mot.

— J'étais donc si mauvaise que ça ?

Pour la première fois depuis longtemps, elle avait parlé sans défi. Commencerait-elle à se rendre ? Il vint vers elle.

— Oui. Chaque fois que tu cessais de parler de toi pour réciter un texte.

— Tu m'avais dit que je ne répondrais qu'aux questions que je voudrais.

— J'ignorais qu'un certain sujet était à ce point tabou pour toi.

« Certain » sujet… Il se sentait sans pitié. Il y reviendrait autant de fois qu'il le faudrait. Il appuierait sur la blessure jusqu'à ce que cette garce débarrasse le plancher, renonce à empoisonner sa vie.

— Parle-moi de cet homme, ordonna-t-il.

Elle lui tourna brusquement le dos. Elle appuya son front au mur. Un instant, il crut qu'elle allait l'y cogner.

Il la rejoignit. Avec une feinte douceur, il la prit aux épaules, la tourna vers lui. Il allait briser la transparence. Avec stupéfaction, c'est un regard plein de colère qu'il rencontra.

— Peut-être que ta femme t'aime, mais, moi, jamais je ne t'aurais fait ça !

Elle désignait la cicatrice. Frédéric la lâcha.

— Que sais-tu de « ça » ? gronda-t-il.

Soudain, en un mouvement d'immense lassitude, elle inclina la tête, ferma les yeux. Frédéric se figea, le cœur en débandade. Ce visage renversé, ces traits tirés, ces yeux clos, cette pâleur… C'était, sans doute aucun, le visage féminin trouvé dans *88*.

Arlette ouvrit les yeux, se redressa. « Attends ! » cria-t-il. Déjà, il ne savait plus. Il n'était plus certain. Il aurait fallu pouvoir comparer. Il courut à son bureau, ouvrit le tiroir, en sortit l'agrandissement.

Lorsqu'il se retourna, Arlette n'était plus là.

Richard ne montra aucun étonnement lorsqu'il l'appela. Ils convinrent que Frédéric passerait le voir après le dîner.

Le médecin habitait une rue paisible du dix-septième. Il lui ouvrit lui-même et l'entraîna dans son bureau.

— Suis-je ami ou client ? demanda Frédéric d'une voix faussement légère.

— Un ami qui aurait besoin de mes services, répondit Richard.

Il lui désigna le canapé et alluma tranquillement une pipe avant de venir s'asseoir à ses côtés.

— J'ai été heureux que tu m'appelles ! J'en avais assez de m'entendre dire que « M. Moure était en conférence… »

— Il m'arrivait effectivement de l'être, dit Frédéric. *Prévoir* me donne beaucoup de travail. Et aussi de soucis ! Que me voulais-tu ?

Richard se tourna vers lui. Le regard droit.

— J'avais envie de te voir sans Catherine. D'essayer de faire le point avec toi. Envie de parler de ce film, de ces visages…

— Tu as bien dit « ces » visages ? demanda Frédéric lentement.

Il n'avait jamais confirmé à Catherine l'existence du second visage : en parlant de celui-ci à Richard, elle s'était à nouveau trahie.

— N'en as-tu pas trouvé deux ? interrogea le médecin. Celui d'un homme que tu supposes être toi, ainsi qu'un autre ?

Frédéric inclina la tête :

— Oui ! Un autre.

Un vertige le traversa. Un autre visage semblable à celui d'Arlette tout à l'heure ? Cet autre visage dont, un instant, il avait « su » que c'était celui de la jeune fille.

— Si tu te détendais un peu, conseilla Richard.

Il fit un immense effort sur lui-même. Il avait de plus en plus de mal à maîtriser ses pensées. Et Richard pouvait bien l'avoir fait asseoir près de lui plutôt que de l'inviter à s'allonger sur le canapé, Frédéric n'était plus l'ami pour lui, mais le malade.

« Trois jours, pensa-t-il. Tenir encore trois jours. » Il avait été fou de ne pas répondre aux appels de Richard ! En le fuyant, il avait laissé le champ libre à Catherine.

— Il y a des moments, dans la vie, dit le médecin, où la seule solution est de déconnecter un bon coup. Peux-tu envisager de lâcher provisoirement ton travail ?

— Ce serait difficile, dit Frédéric. Pour *Prévoir* nous avons des délais à respecter. Par contre, je venais t'annoncer que j'étais prêt à consulter le spécialiste de ton choix.

Richard secoua la tête.

— Je crains que deux entretiens par semaine avec un médecin quel qu'il soit ne puisse t'être d'aucune aide actuellement. Si tu le veux bien, je préconiserai autre chose.

Il y venait ! Frédéric pouvait deviner les mots avant qu'il les prononce. Une clinique à la campagne… le repos total… la cure de sommeil. Dormir ! Il se vit à l'ombre du bouquet d'acacias. S'il n'y avait eu que Richard… Mais derrière chaque parole du médecin, se profilait Catherine. Elle s'était assise, elle aussi, sur ce canapé. Elle pleurait sans doute. Elle disait : « J'ai peur pour Frédéric… Il faut faire quelque chose… Il n'est plus responsable. » Avait-elle raconté le viol à Richard ? Avaient-ils prononcé les mots « internement d'office » ?

— Cette idée de clinique, est-ce Catherine qui l'a eue ? ne put-il s'empêcher de demander.

Richard laissa échapper un rire.

— Si tu savais combien d'hommes surmenés s'obligent ainsi à dételer…

Frédéric se leva :

— T'es-tu jamais demandé si Catherine n'exagérait pas mon cas ? demanda-t-il. Et sais-tu que c'est elle qui a fait démarrer toute cette histoire ?

— Je sais que c'est elle qui t'a demandé de revoir le film à Venise.

— Et elle qui, à mon retour, s'est empressée de reconstituer le vase… qui m'en a rebattu les oreilles… m'a traîné chez l'expert.

Il ne pouvait empêcher sa voix de vibrer. Il fut sur le point de parler de Steiner.

Mais non ! Là aussi elle avait dû prendre les devants.

Richard se leva à son tour. Il vida sa pipe dans le grand cendrier, sur le bureau, puis se tourna vers Frédéric.

— En ma qualité de médecin, je devrais attendre que tu découvres toi-même ce que je vais te dire. Mais l'ami que je suis souffre trop de te voir détruire deux personnes : toi et ta femme. Ne crois-tu pas que tu es en train de charger Catherine de la responsabilité de ce qui t'arrive alors qu'elle ne demande qu'à t'aider ?

Frédéric eut un rire.

— Comme elle l'a fait en piétinant le vase ?

— Elle était hors d'elle. Elle a eu une réaction instinctive d'enfant : l'enfant piétine le jouet avec lequel, constamment, il se blesse.

— L'enfant brise le jouet dont il s'est lassé.

— Que veux-tu dire ?

Frédéric toucha sa joue.

— Selon toi, cette balafre est-elle aussi une « réaction instinctive d'enfant » ?

Richard garda un instant le silence.

— Catherine pense que tu as, toi-même, dirigé sa main vers ta joue, dit-il.

40

Dans l'après-midi du six août, Gabriel frappa à la porte de Frédéric.

— Est-ce que je peux te parler ?

Il avait sa voix, son visage des très mauvais jours.

— Entre, dit Frédéric.

Gagman entra mais ne s'assit pas. Il jeta un regard sur les dossiers empilés sur le bureau. Il y avait là aussi des photos d'Arlette prises lors des essais.

— Où veux-tu en venir avec elle ? demanda-t-il.

— Nulle part. Je lui ai demandé de partir. Pour l'instant, elle a refusé, c'est tout.

— Faux ! dit Gabriel.

Frédéric sursauta.

— Faux ?

— Peut-être as-tu effectivement, à un moment, souhaité qu'Arlette parte. Plus maintenant !

— Je ne comprends pas, murmura Frédéric.

Gabriel sortit une enveloppe de sa poche et la lança sur le bureau.

— Et ça ?

Frédéric prit l'enveloppe, en retira les papiers. Son œil se remplit de colère.

— Tu ouvres mon courrier, à présent ?

— Oui, reconnut Gabriel. Quand il s'agit du bien d'Arlette, ou plutôt du mal que tu lui fais. Si tu désires vraiment qu'elle s'en aille, pourquoi avoir donné son écriture à analyser ?

— C'était… avant, se défendit Frédéric.

— C'était hier ! Tu as volé ce papier dans ses affaires. Tu l'as fait porter chez le graphologue en demandant une analyse express. On vient de la livrer. Que cherches-tu ?

Le visage de Frédéric était devenu blême.

— Ton histoire de complot… murmura-t-il.

— Eh bien ? demanda Gabriel.

— Et si Arlette en faisait partie…

— Comment ?

Le scénariste avait rugi. Il avança vers Frédéric, l'air menaçant, regarda son visage, s'arrêta.

— Et tu comptes sur l'analyse d'une écriture pour t'apprendre de telles choses ! dit-il avec un rire.

La colère, l'impuissance emplirent Frédéric. Gabriel s'adressait à lui comme à un enfant, un malade. Inutile de lui parler de sa découverte d'hier ! Il était à l'avance décidé à ne pas le croire.

— Je veux savoir ce que cette petite garce me cache, dit Frédéric froidement. Dans quel but elle a tout gâché entre Catherine et moi.

— Ce n'est pas Arlette, c'est toi qui as tout gâché, lança Gabriel d'une voix frémissante. Avec mon aide, hélas ! Et je commence à penser comme tout le monde qu'avant que tu ne fasses davantage de dégâts, nous devrions t'obliger à te faire soigner.

Frédéric avertit Mme Germaine qu'il ne serait là pour personne et s'enferma dans son bureau.

Ainsi, même Gagman rejoignait le camp de ceux qui se liguaient pour l'enfoncer dans la folie. Catherine, Richard, Arlette, Gabriel, tous étaient à présent contre lui.

« T'obliger à te faire soigner… » La camisole de force, c'était ce qu'ils voulaient ?

On frappa à la porte. « C'est moi », fit la voix d'Arlette. Il ne répondit pas. Il retenait sa respiration. Le bouton tourna. Il avait bien fait de s'enfermer à clé. « Ouvre, implora Arlette, j'ai quelque chose à te dire. »

L'idée que Gabriel venait de parler à la jeune fille, qu'elle était là pour lui annoncer son départ, l'effleura. Mais non ! Si elle faisait partie du complot, elle devait rester pour parfaire le travail.

Il sortit les deux agrandissements de *88*, les plaça sur son bureau tels qu'ils se trouvaient dans la reproduction de Goya. Oui ! C'était bien le spectacle du visage féminin qui donnait à celui de Frédéric, son double vieilli, cette terrible expression d'angoisse. Comme s'il venait d'en recevoir une réponse effroyable.

Il se leva. Il aurait dû le montrer à Arlette, la confondre. Il ouvrit la porte. Elle n'était plus là. Il courut à la fenêtre. Elle traversait la cour, le bras de Gabriel passé autour de ses épaules.

Plus tard, il essaya de joindre Pierelli. Il lui restait cette solution : s'envoler dès ce soir pour Venise, sans avertir personne. Se terrer là-bas.

Le portable de son ami était muet. La secrétaire de celui-ci lui apprit qu'il venait de partir pour quelques jours de vacances. Elle prit son nom.

Frédéric raccrocha. Alors ? Abandonner ? Se laisser emmener dans cette clinique au milieu des arbres que lui avait proposée Richard ? Mais cet abandon n'était-il pas le but du complot ?

Catherine était rentrée lorsqu'il arriva chez lui. Il entendit la musique dans son bureau, derrière la porte fermée.

Il alla directement dans sa chambre et se laissa tomber sur son lit. Il s'assoupit.

La sonnerie du téléphone le réveilla. Machinalement, il tendit la main et décrocha.

Dans son bureau, exactement au même moment, Catherine décrocha elle aussi. Ce fut elle qui dit :

— Allô ?

— C'est Catherine ? fit la voix d'Helmut Steiner.

41

J'ai tant de fois revécu en pensée cette journée du huit août qu'elle est, me semble-t-il, gravée à tout jamais dans ma mémoire.

Le moindre de ces événements, ces hasards, ces coïncidences qui nous menèrent au dénouement de cette terrible histoire, je l'ai pesé et je connais par cœur le rôle que chacun y tint, volontairement ou non.

Ce rôle, qui nous le fit jouer ? Tantôt je me dis : Frédéric ; et tantôt le mot « destin » vient sur mes lèvres. Chacun eut des choix à faire durant cette journée ; chacun fit celui qui menait au drame.

Ce huit août, tôt le matin, je me rendis au Quartier latin et allai frapper à la porte de la chambre, dite « de service », qu'occupait Arlette depuis son arrivée à Paris. La veille, la raccompagnant chez elle, je lui avais parlé pour la première fois des visages que Frédéric prétendait avoir découverts dans le film d'Helmut Steiner. Elle avait semblé très impressionnée. Je l'avais convaincue de ne plus retourner à Publica et venais m'assurer qu'elle tenait sa promesse.

Arlette était déjà habillée. Elle portait la petite robe de cotonnade qu'elle avait achetée pour le tournage ; à présent, cette robe flottait autour de son corps amaigri.

Je supposai, tant elle était froissée, qu'elle ne l'avait pas retirée pour dormir. Elle s'apprêtait à partir pour Publica.

Je la suppliai de n'en rien faire. Elle refusa de m'écouter. Elle ne voulait pas quitter « la maison », me dit-elle, sans faire ses adieux à Frédéric.

C'est ici que se place le premier élément dont j'ai parlé plus haut. Si hier, Frédéric avait ouvert sa porte à Arlette. S'il lui avait ouvert ! Si elle ne s'était pas sentie, et pour quelle raison obscure, obligée de retourner à Publica ce huit août !...

Le cœur étreint par l'angoisse, je l'accompagnai jusqu'à sa voiture. Peut-être, un instant plus tôt, l'aurais-je convaincue de rester avec moi. Mais j'ai, depuis l'enfance, toujours répugné à m'imposer ; il est des paroles que je ne saurai jamais prononcer.

Elle s'installa au volant et démarra aussitôt avec cette précision étonnante qui donnait l'impression que, dans une voiture, en quelque sorte, elle retrouvait son élément.

J'attendis en vain qu'elle se retourne pour me faire signe.

Alors que j'étais avec Arlette, ce huit août, vers huit heures trente, l'avion où se trouvait Helmut Steiner se posa à Roissy. Steiner n'avait pas de bagages. Il comptait ne rester à Paris qu'une seule journée.

Frédéric ne vit pas sa femme ce matin-là. Avant qu'elle ne soit levée, il quitta leur appartement et alla se poster dans une rue d'où il pourrait discrètement surveiller l'entrée de l'immeuble où elle travaillait.

Il la vit arriver à neuf heures au volant de sa petite voiture ; elle s'engagea dans le parking. Quelques instants plus tard, un taxi déposait Steiner devant la grande porte de verre.

La rédaction du journal se trouve au septième étage. Frédéric piaffa un moment devant les ascenseurs. Parvenu au but, il franchit sans s'arrêter le double barrage de l'huissier et de la secrétaire et pénétra dans le bureau de sa femme. Celui-ci était vide.

Il revint à la secrétaire.

— Où est ma femme ?

— Mme Moure vient de partir, répondit l'employée. Elle sera absente toute la matinée.

Elle ne pouvait rien dire de plus sinon que quelqu'un l'avait demandée par l'intermédiaire de l'huissier.

L'huissier apprit à Frédéric qu'en effet un M. Steiner était venu demander Mme Moure. Ils avaient emprunté l'ascenseur qui menait directement au parking.

La voiture de Catherine ne s'y trouvait plus.

Ce huit août, vers dix heures, Straglio débarqua à Publica. Il s'installa dans le bureau de Frédéric et déclara qu'il l'attendrait le temps qu'il faudrait.

Le producteur était hors de lui. Il avait, la veille, dîné avec Lemoine qui lui avait fait part de sa perplexité devant un coup de téléphone reçu de Frédéric. Celui-ci lui demandait d'analyser l'un des rêves d'Arlette. D'après ce que le psychologue avait perçu de la jeune fille, il la trouvait trop fragile pour être soumise à une expérience de ce genre.

Pour Straglio, l'affaire d'Arlette était une affaire réglée. Frédéric lui avait promis de choisir une autre interprète. Il en conclut qu'on se jouait de lui. Il venait exiger des explications.

Frédéric arriva à Publica un peu après dix heures. Lorsqu'il vit le producteur installé à son bureau, il eut la sensation d'être piégé de tous côtés.

Et lorsque ce dernier lui rapporta sa conversation avec Lemoine, ce fut comme si un ultime recours lui était retiré. Le médecin lui avait fait une profonde impression. Il songeait à lui demander de l'aide.

— Lemoine, comme d'ailleurs Deflers et sa clique, ne sont que des intellectuels prétentieux, déclara-t-il froidement à Straglio. Cette expérience est un leurre. Personne ne pourra jamais dominer son avenir.

Straglio aimait bien Frédéric. Pour lui, il était prêt à faire davantage que pour tout autre : discuter, temporiser. Mais, s'il pouvait accepter qu'il eût une période de faiblesse – je lui avais parlé de graves ennuis avec sa femme –, il n'admettait pas qu'un de ses collaborateurs doutât de son travail.

Sa décision fut prise sur-le-champ ; il lui retirait le projet.

Il n'eut pas à le lui annoncer. Frédéric prit les devants.

— Je ne ferai pas ce film, déclara-t-il. Je voulais vous en avertir.

Il me dit plus tard qu'en prononçant ces mots, il avait ressenti un intense soulagement. Il ne comprit pas que c'était celui d'un homme qui cesse de se battre, et qu'en renonçant à *Prévoir*, il se rendait à *88*.

Ce huit août, vers onze heures trente, Catherine m'appela au bureau pour me demander de déjeuner avec elle. C'était urgent. Je ne devais pas faire part à son mari de notre rendez-vous.

Je partis presque aussitôt. Il paraît que Frédéric, après le départ de Straglio, courut dans mon bureau. Nous nous manquâmes de quelques minutes.

Je n'avais pas revu Catherine depuis le fameux dîner où elle avait piétiné le vase ; depuis que, croyant aider Frédéric, j'avais échafaudé l'hypothèse qui devait l'amener à soupçonner sa femme, et je me sentais vis-à-vis d'elle terriblement gêné et coupable.

Elle me parut calme. Je la trouvai aussi… grave. C'était nouveau. Catherine avait changé. En mieux, me sembla-t-il. Le côté « femme » avait pris le pas sur le côté « enfant gâtée ».

Elle me résuma très simplement la situation. Entre elle et Frédéric, les choses étaient à un point critique. Frédéric se refusant à voir de sa part autre chose que calculs monstrueux, le dialogue n'existait plus. Lorsqu'ils se… croisaient, à la fois il l'agressait et l'appelait au secours. C'était insupportable !

Elle me parla aussi d'Arlette.

Ce qu'elle appelait « la trahison de Frédéric » lui avait porté un coup très dur. Jalouse de tempérament, elle n'avait pas supporté l'idée que Frédéric, en son absence, eût emmené cette fille chez eux. Cependant, elle se rendait compte qu'Arlette n'avait été qu'un élément de plus dans l'effroyable gâchis que Frédéric créait méthodiquement autour de lui depuis que les visages lui étaient apparus, « comme s'il eût voulu, soupira-t-elle, rejoindre celui de *88* ».

Le docteur Richard avait conseillé à Catherine de ne pas rentrer dans ce qu'il appelait le « jeu de Frédéric ». Ainsi, elle ne devait plus accepter de discuter avec lui du film de Steiner. Elle ne devait pas davantage, en se défendant ou tenant de se justifier, accepter de rentrer dans l'histoire qu'il s'était forgée d'un prétendu complot. Frédéric devait sentir que la seule issue pour lui était de se faire soigner et finir par le réclamer lui-même. Richard aurait souhaité que Catherine se séparât pour un temps de son mari ; elle n'en avait pas eu le courage.

Je compris alors mieux l'attitude de Catherine, si impitoyable, ces derniers temps, aux dires de Frédéric. Et je me rendis compte, en voyant son visage, combien il lui avait été pénible de suivre les conseils de Richard. Mon cœur se serra. Ces deux-là n'avaient jamais cessé de s'aimer !

J'eus envie de me faire pardonner et posai un instant ma main sur la sienne. Elle me sourit avec reconnaissance ; c'était mon premier geste d'amitié vers elle.

Nous mangeâmes, je m'en souviens, des écrevisses grillées. La chair, imprégnée d'herbes, était exquise. Il y avait peu de monde et nous étions, Catherine et moi, partagés entre l'angoisse, certes, mais aussi le plaisir de parler enfin à cœur ouvert et de nous découvrir animés d'un même désir : sauver à tout prix Frédéric. Car, en écoutant Catherine me parler de son mari, j'avais retrouvé, intacte, toute mon amitié pour lui.

Catherine m'apprit aussi qu'elle était allée trouver Steiner à Francfort et lui avait tout raconté. Ce faisant, elle avait agi autant pour elle que pour Frédéric. Ce film, le visage si semblable au sien qu'il en avait tiré, avaient fini par la hanter elle aussi et, à certains moments, elle avait été, m'avoua-t-elle, profondément troublée par les affirmations de Frédéric.

Steiner l'avait écoutée avec sympathie. Il n'ignorait pas que Frédéric avait emporté la bobine. Il avait d'ailleurs, à ce sujet, tenté de le joindre en vain au bureau.

Catherine s'en souvenait. Steiner avait d'abord appelé chez eux : c'était un samedi.

Ce samedi-là, Frédéric était bien à Publica. Il regardait *88*. Il n'avait pas répondu à l'appel.

Si Frédéric avait décroché l'appareil…

Lorsque Catherine lui avait révélé que Frédéric le soupçonnait de chercher à le rendre fou, Steiner avait été douloureusement frappé. Dès cet instant, il se mit à la disposition de la jeune femme. Il devait bientôt se rendre à Paris pour affaires ; il verrait Frédéric à cette occasion.

Hier, Steiner avait appelé Catherine pour l'avertir de son arrivée. Elle venait de le rencontrer. Ils avaient décidé que l'Allemand viendrait ce soir à Publica parler à Frédéric ; ce que Catherine avait à me demander, c'était d'être présent lors de l'entretien.

Elle espérait que la vue de Steiner procurerait un choc salutaire à son mari. N'allait-il pas se trouver confronté aux mensonges qu'il s'était faits ? Mis en face de la réalité ? Mais elle craignait la violence du choc.

Je ne répondis pas tout de suite. L'angoisse m'étreignait, la peur. C'était bien beau de mettre Frédéric en face de son mensonge ; mais n'était-ce pas, du même coup, le rejeter dans sa première hypothèse : le destin ? Physiquement et moralement délabré, comment le supporterait-il ?

Je fis part de mes appréhensions à Catherine. Bien que les partageant, elle se dit décidée à réaliser son projet. Je crois qu'elle ne supportait pas l'idée d'être soupçonnée par son mari d'aussi noirs desseins. Elle voulait avant tout reconquérir sa confiance.

Elle me dit que, si l'expérience échouait, elle se résignerait peut-être, comme l'avait suggéré le docteur Richard, à demander pour son mari un internement d'office. Elle craignait parfois qu'il ne mît fin à ses jours.

Cette conversation avec Catherine, je m'en souviens comme d'une dernière chance qui me fut donnée d'agir. Je ne sus pas la saisir.

Je lui conseillai de n'être pas présente lors de l'entretien Steiner Frédéric.

Personnellement, j'avais un rendez-vous aux Buttes-Chaumont. En y allant tout de suite, je serais rentré largement à temps. Elle me remercia avec émotion.

— J'ai oublié de vous dire, ajouta-t-elle, que *88* sera une marque de tranquillisant. Steiner m'en a offert un spécimen : un très joli flacon !

Au moment où nous nous levions de table, une question m'échappa.

— Quand vous avez piétiné ce vase, en combien de morceaux était-il brisé ?

Catherine se raidit. Elle était devenue très pâle.

— Je ne suis pas sûre, dit-elle sourdement. Peut-être en sept effectivement…

Entre midi et quatre heures, ce huit août, Frédéric chercha en vain Helmut et Catherine. Il retourna au journal. Il appela plusieurs des grands hôtels où les étrangers ont coutume de descendre. Il entra dans tous les restaurants que Catherine aimait. Celui où nous étions venait d'ouvrir ; Frédéric ne le connaissait pas. Je pense qu'il passa plusieurs fois devant.

Il aurait suffi qu'il en poussât la porte.

Parce qu'il ne poussa pas cette porte.

Parce que Arlette voulut revoir une dernière fois Frédéric.

Parce que Catherine demanda à Helmut Steiner de venir parler à son mari.

Parce que, de quelques minutes, je manquai Frédéric qui ne put ainsi m'avertir qu'il avait renoncé à *Prévoir.*

Mais aussi parce que, parmi tant d'autres jeunes filles, c'était Arlette que j'avais choisie pour travailler à Publica ; et parce qu'un soir Catherine suggéra que l'on prît une femme comme sujet du film. Parce que je tentai de sauver mon ami par une dramatique hypothèse. Parce que ce vase, Venise, *88* et *Le Propre de l'homme*. Parce que les rires dans *Le Propre de l'homme*, le cri muet dans Goya, les zones d'ombre du Tintoret… Tout fut soudain en place pour que le drame éclatât.

42

À cinq heures, lorsque Frédéric revint au bureau, Mme Germaine fut épouvantée par l'expression de son visage. Elle me dit plus tard avoir eu l'intuition que quelque chose de terrible se préparait. Elle tenta en vain de me joindre rue des Alouettes. J'étais sur un plateau. La lumière rouge était allumée. On tournait.

Il aurait suffi que cette lumière…

Depuis le matin, Arlette guettait le retour de Frédéric. Dès qu'elle l'entendit, elle se rendit dans son bureau ; cette fois, la porte n'était pas fermée à clé.

En voyant entrer la jeune fille, Frédéric ne sembla pas étonné.

— Eh bien, approche, dit-il d'une voix douce.

Surprise par le son de sa voix, Arlette pénétra sans méfiance dans la pièce.

— Je vais partir, annonça-t-elle. Tu peux être content, tu ne me verras plus.

Frédéric regarda le visage plein de rancune et de tristesse de la jeune fille.

— Content ? demanda-t-il. Pourquoi devrais-je l'être ?

Se levant, il vint vers elle et effleura sa joue de la main. Une autre qu'Arlette aurait sans doute compris à cet instant que Frédéric n'était pas dans un état normal : cette brusque douceur, cette caresse, après tout ce qui s'était dit et passé entre eux, que présageaient-elles ?

Arlette ne voulut voir qu'une chose : Frédéric lui avait pardonné. Il l'aimait peut-être encore un peu.

— Accepterais-tu de me rendre un dernier service ? Je voudrais faire sur toi un essai de maquillage, demanda-t-il.

Elle hésita. À quoi bon, puisque le rôle lui était retiré ?

— Un simple test, insista-t-il. L'autre jour, la maquilleuse m'a fait remarquer que, sur certains visages, les produits ne prenaient pas. Cela m'a intrigué. J'aimerais en faire l'expérience moi-même.

Arlette se souvenait de cette réflexion. Frédéric prit sa main. Il la regardait comme il le faisait lorsque avant de tourner il lui expliquait les questions.

— Après, tu pourras partir. Je ne te retiendrai plus. Et, si tu veux, nous resterons bons amis.

Ces mots la décidèrent. Elle le suivit dans la loge réservée aux mannequins.

Les quatre murs de cette loge sont faits de miroirs. On peut régler l'éclairage à volonté. Au fond de la pièce, se trouve un canapé de repos protégé par un paravent ; on avait plusieurs fois coiffé et poudré Arlette ici pour les essais de *Prévoir*.

Frédéric referma la porte sur eux ; elle remarqua qu'il avait emporté quelque chose : l'agrandissement d'une photo qui se trouvait sur son bureau. On y distinguait vaguement un visage. Troublée, elle se pencha pour le voir de plus près.

— Ce visage ne te dit rien ? demanda Frédéric.

Elle secoua négativement la tête.

— Et Helmut Steiner ? Ce nom ne te dit rien non plus ?

— Bien sûr que si ! C'est le réalisateur de *88*, répondit-elle sans hésiter.

— Bravo, dit-il. Maintenant, assied-toi, on va commencer.

Je pense qu'à ce moment quelque chose avertit Arlette du danger : le visage retracé sur la photo, l'attitude de Frédéric, la porte fermée...

— Je n'ai plus envie, dit-elle. Ça ne servira à rien. Je m'en vais.

Sans douceur, cette fois, Frédéric appuya sur les épaules de la jeune fille pour l'obliger à s'asseoir sur le tabouret.

— Cela ne prendra que quelques minutes.

Les « quelques minutes » rassurèrent Arlette. Elle ferma les yeux.

Frédéric tira à lui la table de maquillage et commença son travail. Il blanchit le visage d'Arlette, creusa ses joues et cerna ses yeux. Il arrondit deux taches rouges sur ses pommettes. Il fit à mon amour un visage de clown. Cela lui prit jusqu'à six heures.

— Tu peux regarder, dit-il, lorsqu'il eut terminé.

Elle ouvrit les yeux et, se voyant dans le miroir, poussa un cri.

— Pourquoi as-tu fait ça ? C'est affreux !

Contre la glace, elle vit l'agrandissement, le regarda, se regarda et comprit : il tentait de mettre son visage à elle dans le visage féminin. Pourquoi ? Elle eut peur. Cette peur qui apparut dans son regard fit penser à Frédéric qu'il avait touché juste.

— La couleur des cheveux n'est pas la même, dit-il d'une voix glacée. Je suppose que tu portais une perruque quand tu posais pour Steiner.

Incapable de parler, les yeux fixés sur les cheveux mauve orangé du visage clownesque, épouvantée par la voix, l'expression de Frédéric, Arlette secouait la tête.

— Ah, dit-il. Il manque un détail !

Il prit un crayon noir et l'approcha de la lèvre de la jeune fille.

— Le point de beauté.

Avant qu'il ait pu le tracer, Arlette se leva. Elle ne voulait pas. Elle recula vers le canapé. Il la suivit.

À ce moment, le téléphone sonna.

— Un monsieur est là pour vous, monsieur Moure, fit la voix de Mme Germaine. Un M. Steiner.

Frédéric demeura pétrifié : « Lui ! maintenant ! »

— Que me veut-il ? parvint-il à articuler.

— Mais… vous rencontrer, monsieur Moure.

Frédéric se tourna vers Arlette. S'étaient-ils mis d'accord ? Effondrée sur le canapé, la tête entre ses mains, elle ne semblait pas avoir entendu.

— Faites-le monter !

Il déplia le paravent devant la jeune fille pour la cacher. Quelques minutes plus tard, Mme Germaine s'effaçait pour laisser entrer Steiner. L'Allemand referma lui-même la porte.

Les deux hommes se fixèrent d'abord sans rien dire. Je pense que le visage de Frédéric fut un choc pour Steiner.

Le regard du metteur en scène vint ensuite se poser sur l'agrandissement que Frédéric avait tiré de son film ; il y vit le visage féminin.

— Ce visage n'existe pas ! affirma-t-il.

Un rire strident, un rire terrible jaillit du gosier de Frédéric qui, d'un geste brusque, écarta le paravent.

Sur le canapé, honteuse, grotesque, Arlette apparut. Elle pleurait.

Helmut fixa le visage de clown et se détourna, bouleversé.

— Ainsi, il n'existe pas ? railla Frédéric. Il n'a jamais été dans votre film ? Vous n'avez jamais essayé, en l'y mettant ainsi que le mien, de me rendre fou ? (Il désigna Arlette :) Elle n'a jamais essayé, en se jetant à ma tête, de me séparer de Catherine ?

Voyant ce dont on l'accusait, Arlette, épouvantée, se leva et vint, d'instinct, se réfugier aux côtés d'Helmut. Frédéric vit là un aveu de complicité.

— Je n'ai jamais essayé de vous rendre fou, dit Helmut. Vous avez créé le visage de cette jeune fille comme vous avez retracé le vôtre : à partir de lignes imaginaires.

— De lignes réelles, cria Frédéric.

Helmut s'avança.

— Vous allez m'écouter, dit-il. Au moins durant quelques minutes…

— Et Catherine ? l'interrompit fébrilement Frédéric. Qu'en avez-vous fait, de Catherine ? Où l'avez-vous laissée ? Dans quel hôtel ? À moins qu'elle ne soit occupée à retenir un lit pour moi dans une maison de fous !

— Taisez-vous, ordonna Helmut. Vous êtes en train d'inventer n'importe quoi pour ne pas entendre la vérité. Ce complot dont vous nous accusez n'existe que dans votre esprit.

— Comme les visages ?

— Comme les visages, acquiesça Helmut sèchement.

Frédéric m'a raconté avoir, à ce moment, entendu dans la rue un bruit de sirène. Les mots « internement d'office » tournaient dans sa tête depuis plusieurs jours. Richard, Catherine, moi-même, hélas, en avions plus ou moins évoqué la possibilité. Il se sentit perdu.

— Vous ne m'aurez pas, dit-il. Jamais !

Tout en parlant, il reculait vers la porte. Le bruit se rapprochait. A-t-il vraiment existé ? Dans le film *88*, un peu avant la fin, il y a, mêlé à la musique, au bruit d'une perforeuse, aux klaxons des voitures, le cri d'une sirène. Les trois notes de guitare viennent après.

Helmut avança ; il eut un geste pour retenir Frédéric.

— Salaud, dit celui-ci. Salaud de SS !

Sous l'injure, l'Allemand se figea. Il ferma une seconde les yeux. Lorsqu'il les rouvrit, Frédéric n'était plus là.

43

J'arrivai à Publica à six heures dix. Mme Germaine se tenait à l'entrée de la cour. Elle pleurait.

Elle m'expliqua qu'elle avait d'abord vu passer le « patron ». Il était monté dans sa voiture et avait démarré comme un fou. Puis, à leur tour, Arlette et Steiner étaient passés en courant. Ils étaient partis dans la voiture d'Arlette.

Je sautai dans la mienne. Un pressentiment si fort m'envahissait que je me retenais pour ne pas crier.

Il ne faut que quelques minutes de Publica pour rejoindre les quais de la Seine. Afin de faciliter l'accès à l'autoroute, on a construit un pont soutenu par de lourds pylônes de béton.

En arrivant sur les quais, j'entendis le son ininterrompu d'un klaxon bloqué. Il me semble que je compris tout de suite. J'arrêtais ma voiture aussi près que je pus du bruit et de la foule qui commençait à se rassembler.

Je me vois en sortir, marcher comme si j'étais un autre.

Je vois Frédéric courir vers le pylône.

La voiture d'Arlette était encastrée dans le béton.

Il me fallut quelques secondes pour reconnaître mon amour. L'éclairage au néon du lampadaire donnait à ses cheveux des reflets entre le roux et le mauve, son visage maquillé de blanc, incliné sur l'épaule, était un visage de clown.

On ne voyait pour ainsi dire pas celui d'Helmut, constellé d'éclats de verre.

Les deux corps disparaissaient dans la ferraille. Tous deux étaient morts.

Le klaxon fou semblait suspendre ce moment dans le temps.

Frédéric eut un long frisson. Il tenta, sans y parvenir, de me dire quelque chose. Il finit par tendre la main vers la joue de celle que j'aimais et je vis près de la lèvre d'Arlette ce qu'on appelle une escarbille : une pastille noire comme un grain de beauté.

Il fallut un chalumeau pour parvenir à les dégager et cela prit beaucoup de temps. Lorsqu'on libéra le corps d'Helmut, un flacon s'échappa de sa poche et roula sur le sol. Il portait les chiffres « *88* ».

44

Les jours ont raccourci. Les feuilles prennent la belle teinte déchirante de ce qui est sur le point de finir. C'est l'automne !

Les gens sont maintenant presque tous rentrés. La vie suit son cours. Déjà, certains parlent de Noël.

Frédéric et Catherine se sont envolés ce matin pour la Suisse.

Quand je suis allé pour la dernière fois voir mon ami à la clinique, il était assis dans un fauteuil, près de la fenêtre. Il s'est retourné et, me voyant, il a souri. C'est dans son regard que se trouvait le plus grand changement : un regard sans flamme, soumis. Les médecins disent qu'il est maintenant tout à fait calme. Le problème sera, paraît-il, lorsqu'il reviendra de convalescence, de le réintéresser à la vie.

Je me suis efforcé de lui parler de Publica. Grâce à notre administrateur, tout roulait normalement. Nous l'attendions.

Je pensais qu'il m'écoutait mais, à un moment, il s'est penché vers moi et il a soufflé :

— Alors… Tu me crois maintenant ?

Et d'un geste entendu, il a montré près de sa lèvre, un point.

J'ai compris qu'il parlait de l'escarbille au coin de la lèvre d'Arlette.

Je lui ai dit que j'avais tout brûlé : film et agrandissements. Cela a eu l'air de le laisser indifférent.

Avant que je ne parte, il m'a montré son billet d'avion. Il m'a dit :

— Tu vois… Je vais à la verte prairie !

Je suis allé moi-même annoncer la mort d'Arlette à ses parents. Ils se sont montrés moins bouleversés que je ne le craignais. Pas de cris. Peu de pleurs. Une sorte de résignation. Je crois que leur fille était devenue une étrangère pour eux. Ils l'avaient déjà perdue.

J'ai insisté pour me charger de tous les frais d'enterrement, prétextant que nous étions fiancés. Je souhaite qu'ils le disent à ceux qui leur parleront d'elle. Ainsi, dans l'esprit de quelques personnes, nous serons tous les deux.

Au moment de nous séparer, après l'enterrement à Orly, dans le vacarme des avions, Mme Boisset m'a donné une photo d'Arlette. Elle regarde au loin avec un mélange de crainte et d'appétit, petite jeune fille timide sans signe particulier. Cette photo a, paraît-il, été prise juste avant qu'elle ne postule à Publica.

Son douloureux secret, c'est par une amie à elle, Solange, manucure à Paris, que je l'ai appris. Vers l'âge de quinze ans, Arlette avait été déflorée par son père dans son camion de routier. Fait presque banal, à en croire les statistiques.

Je me suis rendu à Francfort pour l'enterrement d'Helmut Steiner. Derrière son cercueil, il n'y avait qu'une poignée de personnes, apparemment indifférentes, pressées d'en avoir fini, et son domestique japonais, en larmes. J'ai appris par lui que tous les siens avaient été assassinés par les nazis. Cet homme étrange n'avait aucun ami. Pourtant, d'après ce que j'avais perçu en écoutant Frédéric me parler de lui, il semble que Steiner ait ressenti pour lui une réelle attirance. J'aurais souhaité mieux le connaître.

Il me semble aussi, mais je ne puis me l'exprimer clairement, que la mort l'a libéré. L'Allemand l'aurait-il, d'une certaine façon, recherchée ?

J'ai, moi-même, avec les éléments dont je disposais, achevé de remplir le questionnaire soumis à Arlette. J'y ai joint l'analyse de son écriture et je suis allé demander aux « trois petits bon Dieu » de le mettre dans leur logiciel.

Ils se sont fait prier. De toute façon, l'analyse du rêve manquait : la réponse serait incomplète.

De la fiche qu'ils m'ont remise, je ne dirai que les grandes lignes : sous une apparence timide, fragile, Arlette cachait un tempérament passionné, dangereusement teinté de morbide. On lui conseillait de préférer toujours la sagesse et le concret aux grands feux des passions où, se jetant aveuglément, elle risquait d'être détruite.

Cette passion qui l'habitait, elle devait la mettre au service de son travail, dans le domaine de la création, qui correspondait à son tempérament. Elle y trouverait de grandes satisfactions.

Hier, je suis allé trouver Lemoine et je lui ai tout raconté, jusqu'à cette dernière image qui ne cessera jamais de me hanter : près de la voiture encastrée dans le béton, le visage ravagé de Frédéric penché sur celui d'Arlette. Ces deux visages si parfaitement semblables à ceux qu'il avait trouvés dans le film.

Lemoine m'a parlé longuement de domaines inexplorés. Il employait le même ton prudent que l'ami de Catherine. Cependant, pour lui, en aucun cas, Frédéric et Arlette ne pouvaient se trouver réellement dans ce film.

Comme j'insistais, il m'a regardé avec un certain étonnement et m'a conseillé d'oublier bien vite cette histoire. Son regard me mettait mal à l'aise : comme s'il eût cru mon esprit... dérangé.

Nous sommes samedi. Je suis arrivé à Publica vers midi. De l'armoire de Frédéric, j'ai sorti la sauvegarde de *88*. Je lui avais menti à la clinique. Je ne l'avais pas détruite.

Je l'ai mise sur l'ordinateur. J'ai engagé la marche.

Des sept morceaux de vase brisé sur la plage, j'ai vu sortir, une à une, se croiser en une danse macabre, les faces torturées des personnages de Goya.

Dans la cape d'un homme qui tenait une guitare, m'est apparu le visage de Frédéric au moment où pour la première fois retentissaient les trois notes.

Les flashes sur la vie moderne se sont terminés par un amoncellement de voitures broyées qui sont devenues visages.

À nouveau, la caméra a cadré un manteau dans les plis duquel j'ai retrouvé le visage clownesque tandis que s'égrenaient pour la seconde fois les notes de guitare.

Puis, reculant, la caméra a montré l'ensemble de la colline humaine tirée de la *Romería*, œuvre de Goya. Elle s'y est attardée quelques secondes.

Au moment où, pour la troisième fois, ont retenti les notes de guitare, j'ai arrêté l'image.

Frédéric m'avait dit avoir cherché en vain un épilogue à cette histoire. Je me suis penché et, à mon tour, je l'ai longuement interrogé.

À gauche, non loin de la cape où se trouvait le visage féminin, j'ai remarqué ces pointillés blancs, légers, qui tranchent dans l'œuvre rude de Goya. Ils miroitaient comme des éclats de diamant.

Mon cœur s'est mis à battre. Une sorte de torpeur – comment dire, une torpeur peut-elle être aiguë ? – emplissait mon esprit.

J'ai dégagé le film, coupé l'image à cet endroit précis et je suis descendu dans le bureau d'Arlette.

Sur le négatif, des lignes se sont formées. Je n'ai pas été étonné. Il m'a semblé avoir toujours su.

J'affirme n'avoir pas ajouté un seul trait.

J'affirme que, sous les miroitements, les particules blanches, comme de verre brisé, se trouvait le visage d'Helmut Steiner.

Et moi ? Où suis-je ? N'ai-je pas, dans le destin de ces êtres, joué un rôle de premier plan et, à ma façon, travaillé à mener à bonne fin cette tragique aventure ? À quel moment, quelle place, dans quelle image du film mes traits sont-ils tracés ?

Je n'aurai de cesse de les y retrouver.

Composé par Nord Compo
à Villeneuve-d'Ascq (Nord)

Imprimé en Espagne par
Litografia Rosés
à Gava
en octobre 2010

POCKET – 12, avenue d'Italie – 75627 Paris cedex 13

Dépôt légal : octobre 2010

S19975/01

Y385